U0716994

中國文學研究典籍叢刊

重訂中晚唐詩主客圖

〔清〕李懷民 輯評
張 耕 點校

中華書局

圖書在版編目(CIP)數據

重訂中晚唐詩主客圖/(清)李懷民輯評;張耕點校. —
北京:中華書局,2018.12
(中國文學研究典籍叢刊)
ISBN 978-7-101-13566-4

Ⅰ.重… Ⅱ.①李…②張… Ⅲ.唐詩-文學流派研究
Ⅳ.I207.22

中國版本圖書館 CIP 數據核字(2018)第 260947 號

責任編輯:許慶江

中國文學研究典籍叢刊
重訂中晚唐詩主客圖
〔清〕李懷民 輯評
張 耕 點校
*
中 華 書 局 出 版 發 行
(北京市豐臺區太平橋西里 38 號 100073)
http://www.zhbc.com.cn
E-mail:zhbc@zhbc.com.cn
北京瑞古冠中印刷廠印刷
*
850×1168 毫米 1/32 · 13¾印張 · 2 插頁 · 270 千字
2018 年 12 月北京第 1 版 2018 年 12 月北京第 1 次印刷
印數:1-3000 册 定價:48.00 元

ISBN 978-7-101-13566-4

《中國文學研究典籍叢刊》出版説明

中國古代學者對文學的認識、思考、研究和總結，是以多種形式書寫、流傳並發生影響的，有的是理論性的專著，有的是隨筆式的評論，有的是作品前後的序跋，有的是作品之中的評點。這些典籍數量豐富，種類衆多，涉及各個時期的不同的文學現象和文學思潮，以及不同的作家作品和文體文類。對這些典籍文獻的收集、整理，在近百年來，一直是學術界著力的重點，取得了很大的成績。

爲了進一步推動這一工作的進展，我們組織了《中國文學研究典籍叢刊》，選擇歷代具有代表性的、比較重要的典籍，採用所能得到的善本，進行深入的整理。因各類典籍情況差異較大，整理的方式也因書而異，不求一律，或校勘，或標點，或注釋，或輯佚，詳見各書的前言與凡例。《叢刊》的目的，是系統地爲學術界提供一套承載著中國古代學者文學研究成果的，内容更爲準確、使用更爲方便的基礎資料。我們熱切地期待學術界的同仁們參與這一澤惠學林的工作，並誠摯地歡迎讀者對我們的工作提出批評指正。

中華書局編輯部

二〇〇六年六月

點校説明

《重訂中晚唐詩主客圖》是清代「高密詩派」代表人物李懷民輯選、點評的一部詩學著作。它在形式上仿照唐張爲的《詩人主客圖》，將中晚唐三十二名詩人（含「補遺」）分別列入「清真雅正主」張籍和「清真僻苦主」賈島門下，依照風格的相似和成就高低分爲主、上入室、入室、升堂、及門等品級；並通過對選録的上述詩人九百五十首五言律詩的點評，比較系統地表達了對中晚唐詩特别是「寒士」詩的看法，爲我們從另外的角度觀察中晚唐詩提供了借鑒，至今仍有一定的價值。

李懷民（一七三八—一七九三），名憲噩，號石桐、十桐，以字行。乾隆間諸生，高密詩派的創始人，著有《石桐詩抄》、《十桐草堂集》。在他之前，王士禛（阮亭）、趙執信（秋谷）的文學主張和創作實踐曾對全國有很大的影響。「王以神韻縹緲爲宗，趙以思路劖刻爲主」（《四庫全書總目》卷一百七十三），天下翕然從之。與這兩位鄉賢的主張不同，李懷民對歷史上貧寒之士的詩作更爲關注，所謂「一室嘯呼而約其才，爲苦吟，爲孤索。要皆各得性情之正，而不流爲淫哇」（《重訂中晚唐詩主客圖説》）。在學詩路徑上，也與明以來盛行的詩必盛唐相異，以爲「未下學而驟欲上達」（同上）並不現實，建議從中晚唐詩入手。這也是他輯選《重訂中晚唐詩主客圖》的直接原因。

李懷民的詩學主張起初只在高密附近較小的範圍産生影響，認同其主張並嘗試創作的多爲親族、故舊。後來其弟李憲喬（少鶴）筮仕粤西，廣與交遊酬唱，影響逐漸擴大。李憲喬去世後，他的一些追隨者劉大觀、李秉禮（松圃）等將《重訂中晚唐詩主客圖》刻版流傳。

《重訂中晚唐詩主客圖》出版後，因爲内容的新穎和特别，受到廣泛的歡迎，導致了若干版本的出現。大體來説，《重訂中晚唐詩主客圖》的版本可以分爲兩個系統，即劉本和趙本。其中劉大觀與王甯焯等嘉慶間刻於京師的版本（據文中按語，「補遺」當出自王甯焯之手）不但較早，而且内容完整、楮墨精良，堪稱最善，爲後來許多版本所沿襲。山東萊陽睦堂趙擢彤刻本雖在時間上亦屬較早，但疑點較多：首先是詩的編排次序異於劉本，其次點評内容差異巨大，大量詩的點評均付闕如，亦有相當數量詩的點評被閹割成寥寥數字，而且從版式上看，眉目模糊，遠不如劉本，很像匆匆刻就。總體來看，此本質量遠遜於劉本。

此次點校即以嘉慶間劉大觀刻本爲底本（以下簡稱嘉慶本），同時以咸豐間趙子繩校刻本爲校本（以下簡稱咸豐本）；所選詩歌部分，並以《全唐詩》參校，列出異同，以供讀者參酌查考。點校的原則是：除避諱字、明顯誤字徑予改正外，儘量不改動底本；底本與校本文字雖有差異而可兩存者，只在校記中説明；底本顯誤而校本正確者，從校本，並在校記中説明。原書作者小傳與作品分别編列，一人二出，略嫌繁複，此次亦稍作編輯，省併爲一。特此説明。

《重訂中晚唐詩主客圖》系首次整理出版，限於點校者的見聞和學力，其中一定存在不少錯誤之處，敬祈讀者不吝賜教。

張　耕

二〇一八年七月於北京

目録

下卷

序

余與高密李少鶴先生同官粵西時，臨川李松圃爲寓公，稱嶺南三友。松圃及余皆從少鶴學詩，而少鶴又受詩法於其兄石桐先生。石桐嘗裒録貞元以後諸家五言律詩，仿張爲例重定中晚唐詩主客圖，尊張、賈爲主，而以朱慶餘、李洞以下諸賢爲客，學者宗之。因以石桐爲張客，少鶴爲賈客，曩余所刊《一客吟》者是也。是選搜擇精審，句評字勘，稱量高下，直與古人精神命脈相引接，其持論欲使世之觀是圖者，求爲古之豪傑，一洗時俗鄙瑣之見，又非止以格律、對偶求工於字句之間而已。石桐、少鶴遺集前既與松圃梓以問世，今復取是書商定付刊。嗟乎！石桐已矣，余與松圃數十年流連唱酬，研窮聲律，於此道少有所得，沿波討源，指歸斯在，先河後海，本不可誣，寧敢私爲枕中秘哉！廣其傳，所以報也。嘉慶乙丑嘉平望日邱縣劉大觀序。

重訂中晚唐詩主客圖說

計敏夫《唐詩紀事》：張爲作《詩人主客圖》，序曰：若主人門下處其客者，以法度一則也。以白居易爲廣大教化主，上入室楊乘，入室張祜、羊士諤、元稹，升堂盧仝、顧況、沈亞之，及門費冠卿、皇甫松、殷堯藩、施肩吾、周元範、祝元膺、徐凝、朱可名、陳標、童翰卿；以孟雲卿爲高古奥逸主，上入室韋應物，入室李賀、杜牧、李餘、劉猛、李涉、胡幽貞，升堂李觀、賈馳、李宣古、曹鄴、劉駕、孟遲，及門陳潤、韋楚老；以李益爲清奇雅正主，上入室蘇郁，入室劉畋、僧清塞、盧休、于鵠、楊洵美、張籍、楊巨源、楊敬之、僧無可、姚合，升堂方干、馬戴、任翻、賈島、厲玄、項斯、薛壽，及門僧良乂、潘誠、于武陵、詹雄、衛準、僧志定、喻鳧、朱慶餘；以孟郊爲清奇僻苦主，上入室陳陶、周朴，及門劉得仁、李溟；以鮑溶爲博解宏拔主，上入室李群玉，入室司馬退之、張爲；以武元衡爲瓌奇美麗主，上入室劉禹錫，入室趙嘏、長孫佐輔、曹唐，升堂盧頻、陳羽、許渾、張蕭遠，及門張陵、章孝標、雍陶、周祚、袁不約。共六主七十八客。余嘗讀其詩，皆不類。所立名號，亦半强攝。即如元、白、張、劉，當時統謂元和體，爲乃獨以元稹屬白居易，而張籍、劉禹錫更分承之李益、武元衡，誠不知其何所見？以韋應物之沖淡，獨步三唐，宋人論者，惟柳宗元稍可並稱，而乃僅入孟雲卿之室，且與李賀、杜牧比肩，何其不倫耶？其他不可勝舉。至其所標目，適如司空表聖《二十四品》，但彼特明體之不同，非謂人專一體，且即六者，亦不能盡體矣。是蓋出奇以新耳目，未爲定論也。余讀貞元以後近體詩，稱量其體格，竊得兩派焉：一派張水部，天然明麗，不事雕鏤，而氣味近道，學之可以除躁妄、祛矯飾，出入風雅；一派賈長江，力求崄奥，不吝心思，而氣骨凌霄，學之可以屏浮靡、卻熟俗，振興頑懦。二君之詩，各有廣大奥逸、宏拔美麗之妙，而自成一家。一緒所延，在當時或親承其旨，在後日則私淑其風，昭昭可考，非余一人私見。慨自明季歷下、竟陵諸公互主騷壇以來，各立門户，不本於古，使學者入於歷下則非竟陵，遁於竟陵則誚公安，迄無至是，豈知古人派别依然具在，特不肯降心一尋耳。予每欲聚集諸家，分承兩派，訂成一書，嫌於創始，或驚俗目，喜得張爲《主客圖》，本鍾氏孔門用詩之意而推廣之，雖所用不當，而取義良佳。謹依其制，尊水部、長江爲主，而入室、升堂、及門，以次及焉，庶學者一脈相尋，信所守之不謬，且由淺入深，自卑至高，可以循序漸進，不至躐等也。

今之選唐詩者，大概古今並收，以希各體俱備之目，且矜尚七言詩，利其句長調高，便於諷詠，不知七言律詩，唐人不輕作，嚴滄浪曰：七言難於五言。余嘗考唐詩，王、楊、盧、駱，絶無七言近體；燕、許稱大手筆，張止十二篇，蘇十三篇；沈、宋律體之始，沈七言十六首，宋止三首而已；崔司勳《黄鶴樓》千古絶唱，然此篇及《行經華陰》一首，合生平纔兩首耳；其他如王龍標亦止二首，李東川八首，高達夫七首，岑嘉州十一首。凡初、盛名家，俱各寥寥。杜工部、王右丞、劉長卿稱七律最多，然合五言對較，曾不能及其半。由此觀之，唐之不輕作七言明矣。元、白、劉夢得沿及北宋，其風少熾，然未有如後世之甚者也。今則匝街遍市，無非七律填滿，使世之爲七律者約其意、降其格而爲短章，則並不能成語矣。夫不學短律而爲長律，猶不學步而趨也。唐人之所以專攻五言者，唐以此制科取士，例用五言排律，其他朝廟樂歌，亦類用長排體，蓋取其體制宏整、法度嚴密，使長於才者不得濫其施，裕於學者可以勉而至，故唐二百八十年間，士子鏤心刻骨，研煉於五字之中，其理則本於經，其材則取於《選》，當時相矜相賞，總是此事。夫是以唐多詩人，詩盡能工，不然，何不謂「吟成七個字，撚斷數莖鬚」耶？今略五言而學其七言，是棄其長而用其短也。吾之訂唐詩而不及七言，誠欲力矯此弊，倘能由此而精之，因其體而充之，三唐七言具在，固自各能得所宗主矣。至若古體詩，或當别有支派，似非可專取於唐者，請異日細論之。

自故明以來，學者非盛唐不言詩，於是乎襲爲渾淪宏闊之貌，飾爲高華典册之詞，至前、後七子而其風益盛矣！余讀其詩，貌爲高華，内實鄙陋：其體不外七言律，其題半屬館閣應酬，更可笑者，大半仗「中原」「紫氣」「黄金」「風塵」等字希圖大聲，宜袁氏兄弟譏明三百年無詩，可存者《掛真兒》《銀柳絲》小令而已。此論誠過當，然盛唐實不易學，前輩謂學《選》體者讀初唐，學盛唐者看中、晚，學唐人者讀宋詩。蓋以初唐之與六朝，永貞、元和之與開、寶，北宋之與五代，時相近，人相接，其心法相授，屢降而不離其本，特氣運遞遷，高者漸低，深者或淺，幽隱者或顯露，渾淪者或説破矣①！後學徒厭其淺卑顯露，而務爲高深渾淪，是未下學而驟欲上達也。吾謂淺卑者實與人以可近，顯露者正與人以可尋，升其堂不患不入其室，故宋人不可輕也。但宋自西崑混擾以後，詩體頗難辨，又多染五代之習，流爲尖酸粗鄙，學者未能得其骨格而襲其皮貌，則敗矣！學詩者誠莫如中、晚，中、晚人得盛唐之精髓，無宋人之流弊，又恐晚唐風趨日下，而取晚之近於中者，類爲一家，言雖稱兩派，其實一家耳，學者潛心究覽，久久自入於初、盛，譬由門户而造堂奥也。

予家藏書不多，耳目所接，積之既久，以私意潛究，有似淵源可尋，然尚不敢自信，後得龔半千《中晚唐詩紀》，間載原本傳序，據所稱張、賈弟子，頗與鄙見相合；又檢明楊升庵《詩話》，言晚唐之詩分爲二派：一派學張籍，一派學賈島，詩皆五言律。鄙意竊喜：古人已有定論，用修諒非無據。但用修又云：其體起結皆平平，前聯俗語十字，一串帶過；後聯謂之頸聯，極其用工；又忌用事，謂之點鬼簿，惟搜眼前景而深刻思之，所謂「吟成五個字，撚斷數莖鬚」也。余嘗笑之，彼視詩道也狹矣！《三百篇》，皆民間士女所作，何嘗撚鬚？今不讀古而徒事苦吟，撚斷筋骨亦何益哉？真處褌之蝨也。據用修此論，真是粗心浮氣耳。雖聞二派之名目，實未睹二派之實也。《三百篇》，民間士女不曾撚鬚作詩，亦曾切合平仄、較量聲律乎？且如文公多才，演成《雅》《頌》，其《國風》所陳，不盡出文人，凡變風淫辭，悉可尤而效之乎？杜工部詩苦致瘦，孟浩然眉毛盡脱，王右丞走入醋甕，是皆盛唐大家，用修所心慕者，且謂獨不撚鬚乎？至謂其起結平平，將何者方謂不平？渠自不平，用修未見耳。其云「前聯俗語十字，一串帶過」，此正中、晚善學初、盛處。初、盛人平舉板對而氣自流動，總提渾括而意無不包，降格而下，力量不及，則不敢妄襲其貌，於是化平板而爲流走，變深渾而爲淺顯，乍看似甚易能，細按始驚難到，要其體會物理，發揮人情，實能得初、盛人内裏至詣。最可怪者，中、晚人皆着意三四，至後聯往往帶過，雖琢對精工，意不在此，用修不暇致詳，而顛倒説來，真負古人苦心。至若詩之用事，審其可用則用之，非主於不用，亦非主於用。陸士衡云：「徵實難工，翻空易巧。」《詩品》云：「清晨登隴首」，羌無故實；「明月照積雪」，詎出經史？觀古今勝語，多非補假，皆由直尋。此皆閱歷有得之言也。中、晚人惟知力量不逮初、盛，深恐用事則意爲所用，反成疵累，而或意之必須借事以發者，然後用之，用則其事不必從乎其舊，而翻新之；又或其事不必與吾詩相符，而巧合之，其中神妙，又自難言。若止如後人之用事，徒事誇多鬥靡，即極切合妥當，豈免爲點鬼簿哉？天地間文章祇在當前，搜得出便成至文，鍾記室曰：「思君如流水」，既是即目；「高臺多悲風」，亦唯所見。梅宛陵曰：「發難顯之情於當前，留不盡之意於言外。」二語實盡古今詩法。必如用修言，是驅天下人盡爲牛鬼蛇神而後快，恐詩道不如此也。且用修之詩務闊落而乏靜細，矜才麗而欠真切，彼固詡詡以盛唐自命，豈知五霸三王之罪人也，究何曾細心味乎張、賈兩派之妙，徒見清真瘦削，非「九天閶闔」規模，便存一卑視之心，吾恐晚唐人筋骨不失仙人清羸，而用修實遭降肛之困也，自處於褌而不知，尚暇譏人爲蝨耶？

吾鄉阮亭先生，爲詩不能盡脱時蹊，其論「俗」字甚精，即如老杜詩中之聖，阮翁指稱其「緑垂風折筍，紅綻雨肥梅」等句爲俗；明高季迪《梅花詩》三百年無異辭，阮翁謂其「雪滿山中高士卧，月明林下美人來」爲真俗，是真巨論也。按工部以「垂」字形容風竹，以「綻」字刻繪雨梅，時人所謂工於匠物也；季迪以「高士」方梅之品，以「美人」比梅之質，又時人所謂妙於品梅也，而阮翁總斷曰俗。彼豈好翻案哉？良謂詩之忌俗，猶詩之貴清，在神骨而不在皮膚。果其不俗，雖亂頭粗服，無礙其爲美女；而苟俗也，即荷衣蕙帶，終不得謂之仙人。世之論者不及見此，而誤以元輕白俗按四字東坡亦帶言甚輕，非如今人所論。之俗爲俗。樂天爲詩，八十老嫗亦解，彼固好以俗情入詩者，而曰：「十首秦吟近正聲。」是則大不俗矣；陶元亮曰：「相見無雜言，但道桑麻長。」王摩詰曰：「五帝與三王，古來稱天子。」宛肖不讀書人口吻，是俱謂之俗乎？俗在骨不在貌，俗關性情，不關語句；王鳳洲謂擬《騷》賦不可使不讀書人一見便曉，此等見識，正萬俗之源也。後世人大半爲此等論所誤，故爲辨「俗」如此。

張、王固以樂府名，然惟後人祇知其樂府耳。當時謂之元和體，寧單指樂府哉？且水部自標律格，其近體固當與樂府並重，後人乃謂鴻鵠之腹毳，直目論耳！《紀事》稱賈島變格入僻，以矯艷於元、白，元、白誠無可矯，遂啓後人妄呰，乃謂元、白、郊、島總病一

「俗」字，元、白譬若袒裼裸裎，郊、島等之囚首垢面，無論所譬不當，即如其言，亦非俗也，吾故云今人錯認「俗」字。但元、白、劉夢得，恐學者利其省事，流爲率易；貞曜無近體；吏部祇能古作，故皆不録。

鍾記室《詩品》詳推漢、魏、晉人之詩，而定其源所從出，别爲上、中、下三品，遂資後人口實。余按所品亦實有未允者，然記室亦特就詩論詩，明其體格相近，非真見其一脈相傳也。至所論陳思爲建安之傑，公幹、仲宣爲輔；陸機爲太康之英，安仁、景陽爲輔；又曰孔門如用詩，則公幹升堂，陳思入室，潘、陸諸子自可坐於廊廡間矣，此誠千古不刊之定論。即起諸賢而問之，亦應首肯，況余選《主客圖》，初非敢如記室之尚論其淵源所自俱有明徵，特效哀輯焉耳。至圖中所列及門，不無斷以己意，要皆會昌以後人；又據升庵晚唐兩派之説。即有不盡然者，或亦非古人所深罪也。耳目不廣，姑就所見引列，其有遺賢，後當補入。

自《記事》定爲初、盛、中、晚之目，學者遵之。劉隨州開元進士，而派入中唐；馬戴與賈長江、姚武功同時，而别爲晚唐，是蓋以詩爲升降也。然朱慶餘格律如水部，而不免爲晚唐，僧清塞僻澀如李洞，而無礙其爲中唐，亦似有不可盡憑者。余但因其體格之相近者，次爲先後，並時代亦不拘，實非敢妄爲等殺，觀者幸勿泥執。

宋儒之理誠不可爲詩，而詩人實不能離。其言書情，即正心之學也。發乎情，必止乎禮義。其言匠物，即格物之學也。故其詩曰：「君吟三十載，辛苦必能官。」特唐時儒教不純，或雜佛、老，然王仲初曰：「君子抱仁義，不懼天地傾。」固已知孔氏之教矣！李太白思復雅樂，杜工部自比稷、契，元、白、張、王、韓文公、孟夫子各出其讜言正論以維持世教，是知唐詩雖小道，實與《三百》之義相通，但其間遇有隆替，才有大小，其升之廟廊而恢其才，則爲樂府、爲雅頌；非然，即一室嘯呼而約其才，爲苦吟，爲孤索。要皆各得性情之正，而不流爲淫哇。唐之盛也，道德渾於意中，和樂浮於言外；及其衰也，氣節形於激烈，名義著爲辨説，而凡李義山、段成式、温飛卿、韓致光等淫詞艷語不足以淆之。故余定中、晚以後人物有似於孔門之狂狷：韓退之、盧仝、劉叉、白樂天，狂之流也；孟東野、賈島、李翺、張水部，狷之流也。後世人不識，或指其言爲俗劣，爲粗鄙，爲直率，爲妄誕。嗚呼，是皆浮沉世故、居心不正者徒以香情麗質爲雅耳！古人固已先知之，乃曰：「今時出古言，在衆翻爲訛。」又曰：「所得非衆語，衆人那得知？」彼固衆人，安得不以衆人之見爲見耶！吾定《主客圖》，竊見張、賈門下諸賢，微論其才識高遠，要之氣骨稜稜，俱有不可一世、壁立萬仞之概。夫是以與時鑿枘，坎坷多而遭遇難。然司空圖不事朱温，顧非熊高隱茅山，馬虞臣以正言被斥，劉得仁以違時不第，此皆孔氏之所收也。其餘諸子不能枚舉，間有行事無考者，其言存，可按而知之。願世之觀吾《主客圖》者，先求爲古之豪傑，舉凡世俗逢迎、謟佞、慳吝、鄙嗇、齷齪種種之見，一洗而空之，然後播爲風詩，以變澆風而振俗，或亦盛世之一助云。乾隆甲午長夏高密李懷民識。

【校】

① 或，咸豐本作「乃」。

主客圖人物表①

代宗 十七年 廣德二 永泰一 大曆十四	王建 大曆十年登第
德宗 二十五年 建中四 興元一 貞元二十	于鵠 大曆貞元間人 張籍 貞元十五年登第
順宗 一年 永貞	

憲宗 十五年 元和	姚合 元和間登第 周賀 鄭巢 姚合同時 章孝標 元和十四年登第
穆宗 四年 長慶	賈島 文宗時貶長江 韓愈使應進士舉當在憲宗穆宗時 顧非熊 張祜
敬宗 二年 寶曆	朱慶餘
文宗 十四年 太和九 開成五	許渾 喻鳧 劉得仁

年號	人物
武宗 六年 會昌	趙嘏 馬戴 項斯
宣宗 十三年 大中	
懿宗 十四年 咸通	許棠 方干 司空圖 李咸用
僖宗 十五年 乾符六 廣明一 中和四 光啓三 文德一	鄭谷 崔塗

昭宗十五年	哀帝三年
龍紀一 大順二 景福二 乾寧四 光化三 天復三	天祐
曹松 李洞 唐求	裴説 于鄴 任翻 林寬 三人無考

清真雅正主客圖

等第	人名
主	張籍
上入室	朱慶餘
入室	王建　于鵠
升堂	項斯　許渾　司空圖　姚合
及門	趙嘏　顧非熊　任翻　劉得仁　鄭巢　李咸用　章孝標　崔塗

清真僻苦主客圖

主	賈島
上入室	李洞
入室	周賀 喻鳧 曹松
升堂	馬戴 裴説 許棠 唐求
及門	張祜 鄭谷 方干 于鄴 林寬

【校】

① 三表底本無，據咸豐本補入。

上卷

張籍

籍字文昌，和州烏江人。貞元十五年丞相渤海公下及第，授太常寺太祝。久之，遷秘書郎，韓愈薦爲國子博士，歷水部員外郎、主客郎中、國子司業。

宋張洎《司業集序》：公爲古風最善。自李、杜之後，風雅道喪，繼其美者，唯公一人，故白太傅讀公集，曰：「張公何爲者？業文三十春。尤工樂府詞，舉代少其倫。」又姚秘監嘗讀公詩，曰：「妙絶江南曲，淒涼怨女詞。古風無手敵，新語是人知。」其爲當時文士推服若此。元和中，公及元微之、白樂天、劉夢得等歌詞，天下宗匠，謂之元和體。又長於今體律詩。貞元以前，作者間出，大抵互相祖尚，拘於常態，迨公一變，而章句之妙冠於流品矣。

明劉成德《張司業詩序》：唐開元盛時，杜甫、李白、高適、儲光羲、王維諸賢，至大曆以後已兩變矣，當時以文名家者，韓愈、柳宗元、李翱、張籍之徒，相與奮起，振六朝五季澆漓之習，而自成一家言。籍爲昌黎厚友，性狷直率，博聞好古，議論勝人，其排佛老，嘗言不能著書如孟軻、揚雄以垂世。觀昌黎代作《李浙東書》，議論風生，期大之意甚深，謂其善爲樂府，使人憑几聽之，未必不若吹竹彈絲、敲金擊石也。余並其詩而觀之，其樂府真有風人之遺，而五言近體又皆勁健清雅，脱落塵想，俱從胸臆中出，然後知昌黎之詩豐而腴，柳州之詩峭而勁，司業之詩新而奇，李翱之詩悲而壯，卒皆可傳也。

張洎《項斯詩集序》：元和中，張水部爲律格詩，尤工於匠物，字清意遠，不涉舊體，天下莫能窺其奥，唯朱慶餘一人親授其旨。沿流而下，則有任翻、陳標、章孝標、滕倪、司空圖等咸及門焉。寶曆、開成之間，君聲價藉甚，特爲水部所知賞，故詩格與水部相類。

懷民按，水部五言，體清韻遠，意古神閒，與樂府詞相爲表裏，得風騷之遺，當時以律格標異，信非偶然，得其傳者，朱慶餘而外，又有項斯、司空圖、任翻、陳標、章孝標、滕倪諸賢。今考滕倪、陳標詩已無存，任翻、司空圖、章孝標亦寥寥數頁，唯朱慶餘、項斯兩君賴後人搜輯，規格略具。愚按水部既殁，聞風而起者尚不乏人，後世拘於時代，别爲晚唐，要其一脈相沿之緒，故自不爽。兹特奉水部爲清真雅正主，而以諸賢附焉，合十六人，得詩四百四十二首。

薊北旅思

日日望鄉國，空歌白苧詞。格。長因送人處，憶得别家時。或問公生平最得意句，公止誦此二語，試思其所以爲生平得意處安在。失意還獨語，多愁祇自知。客亭門外柳，折盡向南枝。

舊宫人

歌舞秦州女①，歸時白髮生。先放此句。全家没蕃地，無處問鄉程。不覺其爲偶句也。宫錦不傳樣，御香空記名。只舉纖瑣一二，而所包者多矣。一身難自説，愁逐路人行。

【校】

① 秦，《全唐詩》作「梁」。

春日留别

遊人欲别離，唱起。醉復對花枝①。看著春又晚，莫輕年少時②。看他對法③，純是古味融結，卻非偷春格。臨行記分處，回首是相思。各向天涯去，重來未有期④。

【校】

① 醉復，《全唐詩》作「半醉」。

② 年少，《全唐詩》作「少年」。

③ 看他，咸豐本作「如此」。

④ 有，《全唐詩》作「可」。

没蕃故人

前年伐月支，城下没全師①。直起。蕃漢斷消息，死生長别離。無人收廢帳，歸馬識殘旗。慘慼。欲祭疑君在，天涯哭此時。

○只就喪師事一氣叙下，至哭故人處但用尾末一點，無限悲愴。水部極沉著詩，便不讓少陵。

【校】

①下，《全唐詩》作「上」。

江南春

江南楊柳春，日暖地無塵。渡口過新雨，夜來生白蘋。元化。與韋蘇州「微雨夜來過，不知春草生」同妙。晴沙鳴乳燕，芳樹醉遊人。向晚青山下，誰家祭水神？

○問此景到處有之，何必是江南？曰：只如此便寫得江南春出，此可爲知者道。讀三謝詩，當明此例，以下皆可類推矣。

西樓望月

城西樓上月，復是雪晴時。格。寒夜共來望，思鄉獨下遲。只似無可説。幽光落水塹，淨色遍霜枝①。明日千里去，此中還別離。

○最要於此等認水部真面目。

【校】

①遍，《全唐詩》作「在」。

江陵孝女

孝女獨垂髮，少年唯一身。無家空托墓，主祭不從人。相吊有行客，起廬因舊鄰①。江頭聞哭處，寂寂楚花春。

○只淡淡著筆，而孝女已千古如生。若經後人手，不知有幾多膚闊理性語搬演來也。

【校】

①因，《全唐詩》作「無」。

山中古祠

春草空祠暮①，荒林惟鳥飛。著此句好。記年碑石在，經亂祭人稀。野鼠緣珠帳②，陰塵蓋畫衣。匠。近來潭水黑③，時見宿龍歸。不是真見龍，只匠得此潭水黑耳。

○寫出陰森。

【校】

①暮，《全唐詩》作「墓」。

②珠，《全唐詩》作「朱」。

③ 來，《全唐詩》作「門」。

不食姑

幾年山裏住，已作緑毛身。想是如此。護氣常稀語，存思自見神。妙在不必奇異。養龜同不食，留藥任生塵。此不過言其養龜留藥耳。要問西王母，仙中第幾人？卻又似即真。

○此等題有一定體例，集中如隱者、辟穀者、海東僧，凡四見，要說得極神奇，而又不可巫婆氣，疑虚疑實，乃得詩家妙諦。

古苑杏花

廢苑杏花在，行人愁到時。格。獨開新塹底，半露舊燒枝。晚色連荒轍，低陰覆折碑。茫茫古陵下，春盡又誰知？

○所謂無愁不到心。

送流人

獨向長城北，黄雲暗塞天。先總寫一句，愁絶。流名屬邊將，彼處。舊業作公田。此處。擁雪添軍壘，收冰當井泉。知君住應老，須記别鄉年。直作盡情語、無可奈何語。

○凡送流人遷客，大概止述其境地之遠苦，而不肯多爲吉祥禱頌之詞，此一定體例，而後人不知也。

宿臨江驛

楚驛南渡口，夜深來客稀。須先如此安放。月明見潮上，「見」字匠出潮，而妙尤在「明」字。江静覺鷗飛。「覺」字匠出鷗，而妙尤在「静」字。旅宿今已遠，此行猶未歸①。此等淡句莫輕看過。離家久無信，又聽擣寒衣。梅都官所謂留不盡之意，尤當向水部領取。

【校】

①猶，《全唐詩》作「殊」。

送蠻客

借問炎州客，天南幾日行？江連惡溪路，山繞夜郎城。一指便如見。椰葉瘴雲濕①，桂叢蠻鳥聲。知君却回日，記得海花名。止指此一事，其餘都不消説。

【校】

①椰，《全唐詩》作「柳」。

襄國別友

曉色荒城下，相看秋草時。格。獨遊無定計，不欲道來期。真情只在眼前，而含蘊甚深。別處去家遠，愁中驅馬遲。歸人渡煙水，遥映野棠枝。情以景出，於此爲妙。

○最是起興不可及。

送遠客

南原相送處，秋草水邊生①。同作異鄉客②，如今分路行。因誰寄歸信，漸遠問前程。明日重陽節，無人上古城。難處只是平常而有至味。

【校】

① 秋草水邊，《全唐詩》作「秋水草還」。

② 異，《全唐詩》作「憶」。

上國贈日南僧①

獨向雙峰老，松門閉兩涯。翻經依貝葉②，掛衲落藤花。甃石新開井，穿林自種茶。時逢海南客，蠻語問誰家。

【校】

① 上國，《全唐詩》作「山中」。

② 依貝，《全唐詩》作「上蕉」。

征西將

黄沙北風起，半夜又翻營。戰馬雪中宿，探人冰上行。一讀便如親到其地，其情事氣味皆是也。深山旗未展，陰磧鼓無聲。慘淡。幾道征西將，同收碎葉城。

寄友人

憶在江南日，同遊三月時。採茶尋遠澗，鬥鴨向春池。送客沙頭宿，招僧竹裏棋。全看此等無可憶處卻必及之。如今各千里，無計得相隨。

送防秋將

白首征西將，猶能射戟支。元戎選部曲，軍吏换旌旗。「選」字「换」字寫得神采。逐虜招降遠，開邊舊壘移。重收隴外地，應似漢家時。

律僧

苦行常不出，清羸最少年。持齋唯一食，講律豈曾眠。避草每移徑，濾蟲還入泉。淨業須細寫。從來天竺法，到此幾人傳。愈遠愈妙。

送新羅使

萬里爲朝使，離家今幾年。應知舊行路，卻上遠歸船。夜泊避蛟窟，朝炊求島泉。悠悠到鄉國，還望海西天。祇如此結。

宿廣德寺寄從舅

古寺客堂空，開簾四面風。移牀動棲鴿①，匠。停燭聚飛蟲。匠。閑卧逐涼處，遠愁生靜中。林西微月色，思與甯家同。寄舅意一點便得，不用多擾。

【校】

① 鴿，《全唐詩》作「鶴」。

宿邯鄲館寄馬磁州

孤客到空館，夜寒愁卧遲。雖沽主人酒，不似在家時。此等格法對法惟水部擅長。幾宿得歡笑，如今成别離。明朝行更遠，迴望隔山陂。不盡。

送閑師歸江南

遍住江南寺，隨緣到上京。多生修律業，外學得詩名。講殿偏追入，齋家别請行。青楓鄉路遠，幾日盡歸程。

過賈島野居

青門坊外住，行坐見南山。此地去人遠，知君終日閑。蛙聲籬落下，草色户庭間。野色如是，真畫出野居。好是經過處，唯愁暮獨還。

○看他於島師更不著一贊語，但平平叙一野居，而其品之高已可想也。

酬韓庶子

西街幽僻處，正與懶相宜。尋寺獨行遠，借書常送遲。家貧無易事，身病是閑時①。寂寞誰相問，祗應君自知。

○此皇皇泰山北斗之韓夫子也，乃只用家常閒話淡淡酬之②，更不作意，不知此不作意處正是高處，一時之胸次交情莫真切於此矣。在後人反不知添多少矜持張皇，都成客氣。

【校】

① 是，《全唐詩》作「足」。

② 閒，咸豐本作「間」。

答姚合少府①

病來辭赤縣，案上有丹經。爲客燒茶竈，教兒掃竹亭。詩成添舊卷，酒盡卧空瓶。「添」字「卧」字自然得妙。闕下今遺逸，誰瞻隱士星。

○俱是空處著想。

【校】

① 答，《全唐詩》作「贈」。

送僧遊五臺兼謁李司空

遠去見雙節，因行上五臺。化樓侵曉出，雪路向春開。邊寺連烽去①，胡兒聽法來。就邊地生意。定知巡禮後，解夏始應回。只如此結便妙。

【校】

① 烽，《全唐詩》作「峯」。

送鄭秀才歸寧①

桂檝綵爲衣，歸寧意只此一點。行當令節歸。夜潮迷浦遠②，晝雨見人稀。野艾到時熟③，宛然初到家景物。江鷗泊處飛。一路只此一指便已該括。離琴一奏罷，山水靄餘暉④。

○送行詩將以道彼美而樂乎往也，雖題類不一，要以此意爲主。省親爲人子之常情，故凡唐人送歸覲歸寧之作，不過或起或結、或中間一點便是，而其餘則仍言到家載塗之景物，其體例應如是也，在後人則有許多贊孝贊悌、至仁至性膚語，不知反成闊泛。試執此以考之，可定古今之分。

【校】

① 咸豐本無「寧」字。

②夜，《全唐詩》作「夕」。

③艾，《全唐詩》作「芰」。

④水，《全唐詩》作「雨」。

送李評事遊越

未習風塵事，初爲吴越遊。露霑湖草晚，日照海山秋。就大處寫，須看其不闊落處。梅市門何在，蘭亭水尚流。也不盡廢點染。西陵待潮處，知汝不勝愁。唐人「愁」字不必深看。

送越客

見説孤帆去，東南到會稽。春雲剡溪口，殘月鏡湖西。越中山水累牘不能盡，於剡溪只一指春雲，於鏡湖只一指殘月，而其景如歷矣。且於越境只指兩處，而其他可概，此定法也。水鶴沙邊立，山鼯竹裏啼。此就細小處寫，亦止一指。謝家曾住處，煙洞入應迷。

閑居①

多病逢迎少，閑居又一年。藥看辰日合，茶過卯時煎。偶取支干字對，正見閑處，亦天然恰好；若專藉此見長，則纖而陋矣。草長晴來地，蟲飛晚後天。閑眼。此時幽步遠②，不覺到山邊。真得自然之妙。

【校】

①《全唐詩》題作「夏日閒居」。

②步，《全唐詩》作「夢」。

二①

東城南陌塵，紫幰與朱輪。唱人。盡説無多事，能閑有幾人？冷眼看出，冷語喚醒。惟教推甲子，不信守庚申。誰見衡門裏，終朝自在貧。三字奇創得妙。古詩人全須此副胸襟。

【校】

①《全唐詩》題作「閒居」。

晚秋閑居

獨坐高秋晚，蕭條足遠思。家貧常畏客，身老轉憐兒。説俗情須是説到家，人人可按，無古無今。萬種盡閒事，一生能幾時？放此二句尤妙。從來疏懶性，應祇有僧知。

○此與王仲初一體，確非白香山，須辨。

和陸司業習靜寄所知

幽室獨焚香，清晨下未央。山開登竹閣，僧到出茶堂①。畫出高情，止是尋常事。收拾新琴譜，封題舊藥方。偏於無關緊要處搜剔情事，正見閑靜處。逍遥無别事，不似在班行。

【校】

① 堂，《全唐詩》作「牀」。

酬韓祭酒雨中見寄

雨中愁不出，陰黑晝連宵。屋濕唯添漏，泥深未放朝。無芻憐馬瘦，仲初云家貧僮僕瘦。少食信兒嬌。仲初云兒病向來嬌。聞道韓夫子，還同此寂寥。只此一點，以上俱是自寫。○入情。

和裴僕射移官言志

身在勤勞地，常思放曠時。功成歸聖主，即指淮西事，祇輕輕點過。位重委群司。須知只此平常十箇字，而裴令公相業已無可復加，即作史贊，亦高筆也。看壘臺邊石，韓公有和公假山詩，此是實也。閑吟篋裏詩。蒼生正瞻望，難與故山期。

○如此極重極大題目，而只平平提過，如此正可見眼界胸次高處。

和裴僕射朝迴寄韓吏部

獨愛南關裏，山晴竹杪風。先畫一幅景。從容朝早退，蕭灑客常通。只似不作意。按曲新亭上，移花遠寺中。唯應有吏部，詩酒每相同。安放得平濟高妙。

酬白二十二舍人早春曲江見招

曲江冰欲盡，風日已恬和。柳色看猶淺，泉聲覺漸多。寫早字妙。紫蒲生濕岸，青鴨戲新波。仙掖高情客，相招共一過。酬意只如此便住①。

○此等應酬體越見性情，不同後人一味周旋世故，故讀唐詩者先須讀其應酬詩。樂天推重水部至矣，而水部卻不混作贊語，止和其詩景而人自見。

【校】

①住，咸豐本作「出」。

和李僕射秋日病中作

由來病根淺，易見藥功成。曉日杵臼静，凉風衣服輕。猶疑少氣力，漸覺有心情。獨倚紅藤杖，時時堦上行。

○此烈烈破蔡州第一功之李小太尉也，乃只用尋常病後閑話和之，更不作意，不獨見自己胸次，亦使僕射身分愈高，且所言不過病中，又何須分外張皇。

贈太常王建藤杖笥鞋

蠻藤剪爲杖，楚笥結成鞋。疏得珍重有致。稱與詩人用，高妙。堪隨禮寺齋。對法之變尤妙。尋花入幽徑，步日下寒堦。細細摹想。以此持相贈，君應愜素懷。

○看似枯窘，實寓厚味，初學讀此，真是雪淡。

和周贇善聞子規

秦城啼楚鳥，古興。遠思更紛紛。先停頓一筆，妙。況是街西夜，偏當雨裏聞。只似不作意，所以升庵無從領取。應投最高樹，似隔數重雲。此處誰能聽，遥知獨有君。

送李騎曹靈州歸覲

翩翩出上京，幾日到邊城。漸覺風沙起，還將弓箭行。席萁侵路暗①，野馬見人驚。畫邊景真。軍府知歸慶，應教數騎迎。省覲意只從傍一點，而情事如見。

【校】

① 萁，《全唐詩》作「箕」。

寒食夜寄姚侍御①

貧官多寂寞，不異野人居。作酒和山藥，教兒寫道書。五湖歸去遠，百事病來疏。多少心中語，十字括盡。況憶同懷者，寒庭月上初。

【校】

① 御，《全唐詩》作「郎」。

古樹

古樹枝柯少，枯來復幾春？露根堪繫馬，空腹恐藏人①。匠物入神。水部亦有此警筆也。○下「腹」

字妙。蠹節莓苔老，燒痕霹靂新。「新」字押得奇。若當江浦上，行客祭爲神。古趣諧妙。

【校】

①恐，《全唐詩》作「定」。

送徐先生歸蜀

日暮遠歸處，雲間仙觀鐘。唯持青玉牒，獨立碧雞峰。妙在「獨」字。陰洞常收乳①，寒潭舊養龍②。只虚寫，卻似真箇。幾時因賣藥，得向海邊逢。

○分明一幅仙人像，然説來卻甚平實。

【校】

①洞，《全唐詩》作「澗」。

②潭，《全唐詩》作「泉」。

隱者

先生已得道，市井亦容身。救病自行藥，得錢多與人。問年常不定，傳法又非真。常見鄰家説①，時聞使鬼神。是虚是實，迷離恍惚，妙，妙。

○此等若作正言則腐，若作妄言則癡。似異似常，疑真疑幻，而妙諦在焉。凡贈道者、辟穀者、不食姑等，都是一例。諸家皆以此類推。

【校】

①常，《全唐詩》作「每」。

送友人歸山

出山成白首①，重去結茅廬。移石修廢井，掃龕盛舊書。開田留杏樹，分洞與僧居。高古。長在幽峰裏，樵人見亦疏。加倍寫。

【校】

①白，《全唐詩》作「北」。

哭山中友人

入雲遥便突①，突起。山友隔今生。繞墓招魂魄，鐫巖記姓名。妙只在尋常。犬因無主善，「善」字妙。鶴爲見人鳴。「無主」「見人」妙。二語全從悲眼中看出，認真不得。犬自善，豈因無主？鶴偶鳴，寧爲見人？而自哭者眼中都作如是觀。詩象之活也，解此始可與言詩。長説能屍解，多應别路行。

【校】

① 突，咸豐本、《全唐詩》作「哭」。

老將

鬢衰頭似雪，行步急如風。不怕騎生馬，猶能挽硬弓。匠。兵書封錦字，手詔滿香筒。今日身憔悴，還誇定遠功①。

【校】

① 還，《全唐詩》作「猶」。

漁陽將

塞深沙草白，都護領燕兵。放火燒奚帳，分旗築漢城。下營看字法。嶺勢，尋雪覺字法。人行。更向桑乾北，擒生問磧名。

○邊情逼真。

贈同溪客

幽居得相近，煙景每寥寥。共伐臨溪樹，同爲過水橋①。自教青鶴舞，分採紫芝苗。更愛南峰住，尋君路恐遥。

○先知此題之高古有情味，則知此詩妙處。

【校】

①同，《全唐詩》作「因」。

秋閨①

秋風窗下起，旅雁又南飛②。日日出門望，家家行客歸。無因見邊使，空待寄寒衣。獨閉青樓暮③，煙深鳥雀稀。

○此等與其樂府相出入，語淺意深，最不宜忽。

【校】

①《全唐詩》題作「望行人」。

②又，《全唐詩》作「向」。

③閉，《全唐詩》作「倚」。

聽夜泉

細泉深處落，夜久漸聞聲。此句安放得妙。獨起出門聽，欲尋當澗行。靜細。還疑隔林遠，復畏有風生。細極，靜極。月下長來此，無人亦到明。

○靜到極處故細到極處。只此一段高興，後人萬萬不能及，其妙可與賈長江《玩月》古詩同看。

送南遷客①

去去遠遷客，瘴中衰病身。青山無限路，白首不歸人。衹作盡情語，此真諦，異於世諦。或言此二句似盛唐人語。海國戰騎象，蠻州市用銀。只就二事指點，而風土如見。一家分幾處，誰見日南春。

【校】

① 咸豐本題作「嶺南遷客」。

薊北春懷

渺渺水雲外，别來音信稀。因逢過江使，卻寄在家衣。真情遠味，只在尋常情事中。若入後人手，便易鄙瑣。問路更愁遠，逢人空説歸。今朝薊城北，又見塞鴻飛。

思遠人

野橋春水清，橋上送君行。去去人應老，年年草自生。出門看遠道，無信向邊城。楊柳別離處，秋蟬今復鳴。

○觸景生情，緣情成詩，都無跡象。水部於此等處真得古情古興，世人安得以其輕淺而忽之也？

送宮人入道

舊寵昭陽裏，尋仙此最稀。名初出宮籍，身未稱霞衣。已别歌舞貴，長隨鸞鶴飛。中官看入洞，空駕玉輪歸。餘意作結，令人邈然，此真不盡也。

○最要學他結法，獨得不盡之味。

贈辟穀者

學得餐霞法，逢人與小還。身輕曾試鶴，力弱未離山。竟似真個，妙，妙。細一思之，不過見其身輕力弱耳。未離山是果然，曾試鶴是想當然。無食犬猶在，不畊牛自閑。似奇似常。朝朝空漱水，叩齒草堂間。只自平實。

思江南舊遊

江皋三月時，花發石楠枝。只提一事，而萬感俱集。歸客應無數，春山自不知。詩人必深情，情不深者不可與言詩。獨行愁道遠，回信畏家移。「畏」字與「近鄉情更怯」「怯」字同令人悚感。楊柳東西渡，茫茫欲問誰？

夜到漁家

漁家在江口，潮水入柴扉。格。行客欲投宿，主人猶未歸。格。竹深村路暗①，月出釣船稀。是凝望之神。遥見尋沙岸，春風動草衣。至此主人始歸也。

○格法妙。此詩一氣讀下，看其叙布之妙，摹繪之上。

【校】

① 暗，《全唐詩》作「遠」。

送邊使①

揚旌過隴頭，隴水向西流。著此句妙。塞路依山遠，戍城逢雨秋②。似常卻不常。寒沙陰漫漫，疲馬去悠悠。爲問征行將，誰封定遠侯？是正問，卻出以閑意。

【校】

① 邊，《全唐詩》作「遠」。

②雨，《全唐詩》作「笛」。

早春病中

羸病及年初，心情不自如。多申請假牒，祇送賀官書。全於世務看其高閑。幽徑獨行步，白頭常懶梳。更憐晴日色，漸漸暖貧居。恰是新年病後，寫得閑官妙極。

送嚴大夫之桂州

旌旆遇湘潭，幽奇得遍探。莎城百城北①，竹路九疑南②。略涉成趣。有地多生桂，無時不養蠶。今俗亦有不同。聽歌難辨曲③，風俗自相諳④。

【校】

①城，《全唐詩》作「越」。

②竹，《全唐詩》作「行」。

③難辨，《全唐詩》作「疑似」。

④自，咸豐本作「白」。

詠懷

老去多悲事，非唯見二毛。眼昏書字大，匠出眼昏。耳重語聲高①。匠出耳重。望月偏增思，老人始知此意。尋山易覺勞②。都無作官意，賴得在閑曹。此中便有人在。

○寫老態入畫而不似後人瑣鄙。

【校】

①語，《全唐詩》作「覺」。

②覺，《全唐詩》作「發」。

使至藍溪驛寄太常王丞

獨上七盤去，峰巒轉轉稠。雲中迷象鼻，雨裏下箏頭。此只可偶一及之，若專以此見長則俗矣。水没荒橋路，鴉啼古驛樓。君今在城闕，肯見此中愁？

留別江陵王少尹①

迢迢山上路，病客獨行遲。況此分襟日②，當君失意時。此等格法自劉文房印轉來也。寒林露遠驛③，畫。晚燒獵荒陂④。字法。非真有獵者也。别後空回首，相逢未有期。

【校】

①尹，《全唐詩》作「府」。

②襟日，《全唐詩》作「手處」。

③露遠，《全唐詩》作「遠路」。

④獵，《全唐詩》作「過」。

霅溪西亭晚望

霅水碧悠悠，西亭柳岸頭。夕陰生遠岫，斜照逐回流。此地動歸思，逢人方倦遊。對法著意。吴興耆舊盡，空見白蘋洲。

○中四脱化六朝王籍《入若耶溪》詩而不嫌於套襲，可知古人之善學矣。

春日李舍人宅見兩省諸公唱和因書情即事

又見帝城裏，東風天氣和。官閑人事少，年長道情多。語能該括，自然味長。紫掖發章句，青闈更詠歌。和意只此二語，敍得閒適高致。誰知幽寂處①，終日斷經過。

○詩中長題須看制題詳略法。

【校】

① 幽寂處，《全唐詩》作「余寂寞」。

山中春夜

寂寂春山靜①，幽人歸卧遲②。橫琴當月下，壓酒及花時。冷露濕茅屋，暗泉衝竹籬。西峰採藥伴，此夕恨無期。

○全於言外想其靜懷。

【校】

① 春山，《全唐詩》作「山景」。

② 卧，《全唐詩》作「去」。

送南客

行路雨修修，春山盡海頭①。天涯人去遠，嶺北水空流。似常卻不常，須善辨。夜市連銅柱，巢居屬象州。來時舊相識，誰向日南遊？

【校】

①春，《全唐詩》作「青」。

宿江店

野店臨西浦，門前有橘花。停頓。停燈待賈客，賣酒與漁家。畫。夜靜江水白，匠出「靜」字。路迴山月斜。匠出「迴」字。閑尋泊船處，潮落見平沙。

嶺外逢故人①

過嶺萬餘里，旅遊經此稀。相逢去家遠，共説幾時歸。止道人人意中事，卻非人人集中所有。海上見花發，瘴中聞鳥飛②。炎州望鄉伴，自識北人衣。深情。

【校】

①外，《全唐詩》作「表」。

②聞，《全唐詩》作「唯」。

出塞

秋塞雪初下，將軍遠出師。分營長記火，放馬不收旗。月冷邊帷濕①，沙昏夜探遲。征人皆白首，誰見滅胡時。

○妙能匠出邊塞情事如見，若尾末垂戒，又是餘意。

【校】

①帷，《全唐詩》作「帳」。

寄紫閣隱者

紫閣氣沉沉，先生住處深。有人時得見，無路可相尋。「時」字妙，第二句得此亦非常語。夜鹿伴茅屋，秋猿守栗林。「守」字妙。唯應採靈藥，更不別營心。似拙處正是古。

夜宿黑竈溪

夜到碧溪裏，無人秋月明。著此句妙。逢幽更移宿，取伴亦探行。花下紅泉色，雲西乳鸛聲①。明朝記歸去②，石上自書名。

○有第二句則五六便如仙境矣。故必書名記此遊也；不然，分視之亦常語耳。

【校】

①鸛，《全唐詩》作「鶴」。

②去，《全唐詩》作「處」。

答僧拄杖

靈藤爲拄杖，白淨色如銀。狀一句。得自高僧手，將扶病客身。春遊不騎馬，夜會亦呈人。入情如見。此意再見《酬藤杖》絶句，云：「倚來自覺身生力，每向傍人説得時。」持此歸山去，深宜戴角巾。

送海客歸舊島①

海上去應遠，蠻家雲島孤。竹船來桂府②，山市賣魚鬚。寫得蠻境逼真，不求異而自異。入國自獻寶，逢人多贈珠。却歸春洞口，斬象祭天吴。

○此等體例止狀其風土，即所以送之，不用應酬習語。

【校】

①《全唐詩》題作「送海南客歸舊島」。

②府，咸豐本作「蠹」，《全唐詩》作「浦」。

靈都觀李道士

山觀雨來靜①，繞房瓊草春。素書天上字，花洞古時人②。暗用桃源。泥竈煮靈液，掃壇朝玉真。幾回遊閬苑，青節亦隨身。

○寫仙境幻渺，只作尋常閒話，便似當真。

【校】

①山，《全唐詩》作「仙」。

②洞，咸豐本作「澗」。

送韋評事歸華陰

三峰西面住，先著此句。出見世人稀。老大誰相識，棲惶又獨歸。掃窗秋菌落，匠。開篋夜蛾飛。匠。若訪雲中伴①，還應著褐衣。

【校】

①訪，《全唐詩》作「向」。

送閩僧

幾夏字法，切僧。京城住，今朝獨遠歸。修行四分律，護淨七條衣。溪寺黄橙熟，沙田紫芋肥。寫閩風土，只消一指。九龍潭上路，同去客應稀。

登咸陽北寺樓

高秋原上寺，下馬一登臨。渭水西來直，秦山南去深①。「直」字「深」字錬。故宫人不住②，荒碣路難尋。日暮涼風起，蕭條多遠心。

【校】

① 去，《全唐詩》作「向」。

② 故，《全唐詩》作「舊」。

遊襄陽山寺

秋色江邊路，煙霞若有期。寺貧無利施，狀其貧。僧老足慈悲。匠其老。薜荔侵禪室①，蝦蟆占浴池。閑遊殊未遍，即是下山時。

○雪淡無味，恰得情事，此等最妙。

【校】

① 室，《全唐詩》作「窟」。

登城寄王建①

聞君鶴嶺住，西望日依依。遠客偏相憶，登城獨不歸。看其對格之妙。十年爲道侶，幾處共柴扉。今日煙霞外，人間得見稀。

【校】

①《全唐詩》題作「登城寄王秘書建」。

送從弟戴玄往蘇州

楊柳閶門路，悠悠水岸斜。乘舟向山寺，著屐到漁家。高興。夜月紅柑樹，秋風白藕花。柑、蓮二物何地無之，且豈遂足以盡蘇州之勝耶？然詩景已盡於此者，正東坡所謂「賦詩必此詩，定知非詩人」也。不然，臚衍《蘇州誌》一部且不能盡，又不得詩景也。呵呵。江天詩景好，迴日莫令賒。

送朱慶餘及第歸越

東南歸路遠，幾日到鄉中。有寺山皆遍，無家水不通。湖聲蓮葉雨，如入耳。野氣稻花風。如入鼻。州縣知名久，爭邀與客同。及第意略見，又正閑甚。

夏日閑居

無事門多閉，偏知夏日長。早蟬聲寂寞，新竹氣清涼。發難顯。閑對臨書案，看移曬藥牀。淡極。自憐歸未得，猶寄在班行。每寫宦意，真是渺然。

寄昭應王中丞

借得街西宅，開門渭水頭。長貧唯要健，漸老不禁愁。此等親切入情，妙在理足。獨憑藤書案，空懸竹酒鉤。春風石甕寺，作意共君遊。

酬孫洛陽

家貧相遠住，齋館入時稀。獨坐看書卷，閑行著褐衣。高致。早蟬庭筍老，新雨徑莎肥。各離爭名地，無人見是非。

送人任濟陰

黄綬在腰下，知君非旅行。將書報舊里，留褐與諸生。贈別盡沽酒，惜歡多出城。春風濟水上，候吏聽車聲。起結二句妙，寫官樣，然卻是冷眼。

○句句是尋常情事，而高致自見。

晚春過崔駙馬宅東園①

閑園多好風，不意在街東。早早詩名遠，長長酒性同。詩酒、名性對法妙。竹香新雨後，鶯語落花中。莫遣經過少，年光漸覺空。

○東坡稱王晉卿雖貴戚而學問與寒士相角，正是此等詩骨子，可以類推。

【校】

①《全唐詩》無「宅」字。

送安西將

萬里海西路，茫茫邊草秋。計程沙塞口，得情。望伴驛峰頭。入畫。雪暗非時宿，沙深獨去愁。憶鄉人易老①，莫住近蕃州。

【校】

①憶，《全唐詩》作「塞」。

題李山人幽居

襄陽南郭外，茅屋一書生。無事焚香坐，有時尋竹行。畫苔藤杖細，踏石筍鞋輕。應笑風塵客，區區逐世名。

早春閑遊

年長身多病，偏宜作冷官①。從來閑坐慣，漸覺出門難。真能道得出。樹影新猶薄，匠。池光晚尚寒。匠。寫早春入細。遥聞有花發，騎馬暫行看。

【校】

① 偏，《全唐詩》作「獨」。

題清澈上人院①

古寺臨壇久，松間别起堂。看添浴佛水，自合讀經香。愛養無家客，多傳得效方。遇齋長不出②，坐卧一繩牀。

【校】

① 澈，《全唐詩》作「徹」。

② 遇，《全唐詩》作「過」。

舟行寄李湖州

客愁無次第，妙。川路重辛勤。藻密行舟澀，灣多轉檝頻。薄遊空感惠，失計自憐貧。中括多少情事。賴得汀洲句①，時時慰遠人。

【校】

① 得，咸豐本作「誦」，《全唐詩》作「有」。

送安法師

出郭見落日，別君臨古津。遠程無野寺，宿處問何人。閑處不難學，淡處難學。原色不分路，錫聲遥隔塵。山陰到家節，猶及蕙蘭春。

贈海東僧

別家行萬里，自説過扶餘。學得中州語，能爲外國書。與醫收海藻，持咒取龍魚。奇而真。

更問同來伴，天台幾處居。

○此總與島僧、蠻客一例。

寄漢陽故人

知君漢陽住，烟樹遠重重。歸使雨中發，寄書燈下封。極尋常事，卻有新意，極無味語，卻有深情。張洎所謂「字清意遠不涉舊體天下莫能窺其奥」者，正當於極尋常極無味處求之。同時買江塢，今日別雲松。欲問新移處，青蘿最北峰。

和裴司空即事通簡舊僚

肅肅上台座，四方皆仰風。當朝秉明政①，早日立元功。獨對赤墀下，密宣黄閣中。猶聞動高韻，思與舊僚同。和處如此便足。

○此等只平平寫去，更不加意矜持張皇，即作者之識量高闊處。若謂作律格一味寒素，不敢道著冠冕一字，又不是也。

【校】

① 秉，《全唐詩》作「奉」。

寄靈一上人初歸雲門寺

寒山白雲裏，法侶自招攜。竹徑通城下，松門隔水西。方同沃州去，不作武陵迷。仿佛遥看處，秋風是會稽。秋風可看乎？妙！

使回留别襄陽李司空

江亭寒日晚，絃管有離聲。須知此句中有多少繁鬧，然在詩人眼中不過一點即過。從此一筵别，獨爲千里行。遲遲戀恩德，役役限公程。此中有多少話説，止總括之，所以爲超。迴首吟新句，霜雲滿楚城。

和户部令狐尚書喜裴司空見招看雪

南原新覆雪①，上宰曉來看。誰共登春榭，唯聞有地官。對工處自成閑趣。色連山遠静，氣與竹偏寒②。寫雪高簡入妙。高韻更相應，寧同歌吹歡？

〇以下三首看他運題之法，格即在此，妙即在此，後來不講律格，凌亂則雜，鋪陳則瑣，無復風人之致矣。

【校】

①原，《全唐詩》作「園」。

②偏，《全唐詩》作「偏」。

和裴司空以詩請刑部白侍郎雙鶴

皎皎仙山鶴①，遠留閒宅中。徘徊幽榭月②，嘹唳小庭風。淡淡寫來，神已逼真，轉覺鮑明遠費力矣。丞相西園好，池塘野色通③。從君求置此④，賞望與賓同。

【校】

①山，《全唐詩》作「家」。

②榭，《全唐詩》作「樹」。

③色，《全唐詩》作「水」。

④從君求置此，《全唐詩》作「欲將來放此」。

同綿州胡郎中清明日對雨西亭宴①

郡内新開火②，高齋雨氣清。惜花邀客賞，勸酒促歌聲。共醉移芳席，留歡閉暮城。五字中括情事多少。政閒方宴語，琴筑任遥情。

【校】

①綿，《全唐詩》作「錦」。

②新開，《全唐詩》作「開新」。

莊陵挽歌詞三首 敬宗

白日已昭昭，干戈亦漸消。迎師親問道①，從諫早臨朝。史稱敬宗視朝月不再三，大臣罕得進見，此二句似反言，然不可謂譏訕，亦臣子稱頌之體，不得不爾。佞倖威權薄，亦似反言之。忠良寵錫饒。或即指裴晉公。丘陵今一變，無復白雲謠。

○敬宗昏主，詩特妙於迴護，亦昭公知禮之意，若看作皮裏陽秋則悖矣。此亦循例不得不作，然語自斟酌，不同蕪靡之響，所以存之。

【校】

①問，《全唐詩》作「出」。

二

觀風欲巡洛，此即指罷修東都之事。習戰且開池①。始改三年政，旋開七月期②。言其不久也。敬宗在位二年耳。陵分內外使，官具吉凶儀。渭北新園路，簫笳遠更悲。

【校】

①且，《全唐詩》作「亦」。

②開，《全唐詩》作「聞」。

三

曉日龍車動，秋風閶闔開。行帷六宫出，執紼萬方來。此等泛處正有意思。慘慘郊原暮，遲遲挽唱哀。空山烟雨夕，新柏繞陵臺①。

【校】

①柏，《全唐詩》作「陌」。陵，咸豐本作「靈」。

和左司元郎中秋居十首

選得閒坊住，秋來草樹肥。風前卷筒簟，雨裹脱荷衣。野客留方去，山童取藥歸。淡處正是高處。非因入朝省，過此出門稀。

二

有地唯栽竹，無池亦養鵝。學書求墨跡，釀酒愛乾和①。此必當時釀法。古鏡銘文淺，閒眼。神方謎語多。閒心。居貧閒自樂，豪客莫相過。

【校】

①乾，《全唐詩》作「朝」。

三

閒來松菊地①，未省有埃塵。直去多將藥，朝回不訪人。見僧收酒器，迎客换紗巾。妙只尋常。更恐登清要，難成自在身。高情自然。

【校】

①閒，咸豐本作「間」。

四

自知清靜好，不要問時豪。就石安琴枕，穿松壓酒槽。山情因月甚①，字法妙。詩語入秋高。字法妙。身外無餘事，唯應筆硯勞。

【校】

①情，《全唐詩》作「晴」。

五

閒堂新掃灑，稱是早秋天。書客多呈帖，偏不贊其工書，而書法可想。琴僧與合絃。偏不贊其工琴，而琴指可想。莎臺乘晚上，竹院就涼眠。終日無忙事，還應似得仙。唐人口吻。

六

醉倚斑藤杖，閒眠瘿木床。案頭行氣訣，爐裹降真香。尚儉經營少，居閒意思長。極淡語見真諦。秋茶莫夜飲，新自作松漿。

七

每憶舊山居，新教上墨圖。晚花迴字法。地種，好酒問字法。人沽。夜後開朝簿，申前發省符。此即郎官案牘，有何佳趣？然偏要點綴，著以「夜後」「申前」二字，情事如見，亦形容閒心閒眼。爲郎凡幾歲，已見白髭鬚。

○寫山林泉石不沾塵土氣自易易耳，寫塵勞世務而自見高簡之性乃爲難也。讀張、王詩當於此會之。

八

菊地纔通屐①，茶房不壘堦②。憑醫看蜀藥，寄信覓吴鞋。妙在「憑醫」「寄信」字，極尋常事，極閒心。

盡得仙家法，多隨道客齋。本無榮辱意，以此作骨。不是學安排。本莊子。

【校】

① 屐，《全唐詩》作「履」。

② 茶，咸豐本作「荼」。

九

林下無拘束，閒吟放性靈①。好時閒藥竈②，高處置琴亭。此亦唐人口頭如此。更撰居山記，唯尋相鶴經。初當授衣假，無吏挽門鈴。

【校】

① 吟，《全唐詩》作「行」。

② 閒，《全唐詩》作「開」。

十

客散高齋晚，東園景象偏。晴明猶有蝶，涼冷漸無蟬。寫秋意入微妙，亦不多及。藤拆霜來子①，蝸行雨後涎。匠。新詩纔上卷，已得滿城傳。和意妙，多費不必。

○凡和詩者，因其所見而共賦之。其相和意不過隨時一點足矣，不得以盛唐「陽春一曲和皆難」等句而鋪張之，致使滿篇應酬濫語，而詩興反覺索然。此唐人和詩之體例也。

【校】

① 拆，《全唐詩》作「折」。

朱慶餘

慶餘名可久，以字行。越州人，登寶曆進士第。龔賢《朱慶餘詩序》：始張水部籍初爲律格詩，惟朱慶餘親受其旨。又水部遇慶餘，因索其新舊篇什，留二十六章，置之懷袖而推贊之。時人以籍重名，皆繕録諷詠，遂登科。慶餘作《閨意》而獻曰：「洞房昨夜停紅燭，待曉堂前拜舅姑。粧罷低聲問夫婿，畫眉深淺入時無？」籍酬之曰：「越女新粧出鏡心，自知明艷更沉吟。齊紈未足人間貴，一曲菱歌抵萬金。」

懷民按，慶餘無古體，律格專學水部，表裏渾化，他人鮮能及者。斷推上入室。

宿陳處士書齋

結茅當此地，下馬見高情。菰葉寒塘晚，杉陰白石明。向爐新茗色，隔雪二字妙。遠鐘聲。閒得相逢少，吟多寐不成。意竭便不必强爲有餘，唐人好處，所以勝於宋人。

〇只就所居賦詠，足見其高。俗手則必就實事鋪排。

送盛長史

莫辭東路遠，此别豈閒行。職處中軍要，官兼上佐榮。此等皆學師格，非漫然也。野亭楓葉暗，秋水藕花明。拜省期將近，孤舟促去程。

上張水部①

出入門闌久，從此説出，妙。兒童亦有情。淒然。不忘將姓字，常説向公卿。真摯，言外有感慨。每許連牀坐，仍容並馬行。恩深轉無語，懷抱甚分明。寫真知之感，已到極處，而與世俗感恩者迥不侔也。

○生我者父母，知我者鮑叔。

【校】

① 此詩《全唐詩》重出，分列於朱慶餘與劉得仁名下。

鳳翔西池與賈島納涼

四面無炎氣，清池闊復深。蝶飛逢草住，畫出蝶。魚戲見人沉。畫出魚。拂石安茶器，移牀選樹陰。幾迴同到此，盡日得閒吟。

送于中丞入蕃册立

上馬生邊思，興。戎裝别衆僚。雙旌銜命重，空磧去程遥。迴没沙中樹，孤飛雪外鵰。蕃庭過册禮，幾日卻回朝。只如此已合師法。

送淮陰丁明府

之官未入境，已有愛人心。遣吏回中路，學本師「歸使雨中發」而青出於藍矣。停舟對遠林①。分明是個廉吏圖，貪官有此乎？島聲淮浪静，雨色稻苗深。暇日公門掩，唯應伴客吟。其不擾民可知。

○水部集中亦不多覯。贊明府之愛人，常情耳，而於未入境見之，奇矣。以下似應明其所以見愛人處，卻又只作尋常淡語，其故令讀者去想看。惟淡然無欲者，能節用愛人也，然一落言詮，便少味矣。

【校】

① 停，咸豐本作「泊」。

上江州李使君①

起家聲望重，自古更誰過。得在朝廷少，還因諫諍多。此非水部派，然學水部不可無此識力。詩中有具史筆、以直確爲貴者，此類是也。經年愁瘴癘，幾處遇恩波。入境無餘事，唯聞父老歌。

【校】

① 使，《全唐詩》作「史」。

與賈島顧非熊無可上人宿萬年姚少府宅

莫厭通宵坐，貧中聚會難①。堂虛雪氣入，燈在漏聲殘。此即宮漏也。萬年即灞陵、杜陵，近京城地。役思字法。因生病，當禪字法。豈覺寒。開門各有事，非不惜餘歡。妙是俗情。

【校】

① 聚會，《全唐詩》作「會聚」。

題青龍寺

寺好因岡勢，詩亦得勢。登臨值夕陽。青山當佛閣，紅葉滿僧廊。竹色連平地，蟲聲在上方。

最憐東面靜，爲近楚城牆。

送顧非熊下第歸

但取詩名遠，寧論下第頻。惜爲今日別，共受幾年貧。逆叙便覺深情，順則無味。此律格之妙處。聽雨宿吴寺，過江逢越人。想見望之悵然。知從本府薦，秋晚又辭親。妙在不廢俗情。

送李侍御入蕃

遠使隨雙節，新官屬外臺。戎裝非好武，書記本多才。移帳依泉宿，迎人帶雪來。心知玉關道，稀見一花開。

望蕭關

漸見風沙暗，蕭關欲到時。兒童能探火，婦女解縫旗。川絶銜魚鷺，劣句。林多帶箭麋。警。暫來戎馬地，不敢苦吟詩。

○此等與許棠相埒。

題寄王秘書

唯求買藥價，此外更無機。扶病看紅葉，辭官著白衣。仲初寫真。斷籬通野徑，高樹蔭鄰扉。時復留僧宿，餘人得見稀。

山居

歸來青壁下，又見滿籬霜。轉覺琴齋静，閒從菊地荒。妙如此説。山泉供鹿飲①，林果讓僧嘗。時復收新藥，隨雲過石梁。

【校】

① 供，《全唐詩》作「共」。

重過惟貞上人院

老去惟求静，重過意即此。都忘外學名。掃牀秋葉滿，對客遠雲生。香閣閒留宿，晴階暖共行。窗西暮山色，依舊入詩情。重過。

與石晝秀才過普照寺①

問人知寺路，松竹暗春山。潭黑龍應在，實而虚。巢空鶴未還。虚而實。經年爲客倦，半日與僧閒。更共嘗新茗，聞鐘笑語間。

【校】

① 晝，《全唐詩》作「晝」。

送僧還太原謁李司空

已共鄰房别，應無更住心。中時過野店，後夜宿寒林。寺去人煙遠，城連塞雪深。禪餘字法。得新句，堪對上公吟。

〇此與賈師所送之霄韻、周賀所送之省已相似，二僧中必居一也。其詩卻與賈派别。

贈道者

自識來清瘦，句法。尋常論語真①。藥成休伏火，符驗不傳人。分明是學傳法，又非真。獨有年過鶴，從「問年常不定」翻出。曾無病到身。從「救病自行藥」翻出。潛教問弟子，居處與誰鄰。從「常見鄰家説」二句翻出。

〇全得水部贈方外詩訣。善學不是依樣葫蘆，須自别開生面，乃與吻合。如此等是也。

【校】

① 論語，《全唐詩》作「語論」。

薔薇①

四面垂條密，浮雲入夏清②。緑攢傷手刺，紅墮斷腸英。鍊處能匠，遂以見才。粉著蜂鬚膩，光凝蝶翅明。雨中看亦好，況復值初晴。平淡是水部家法。

【校】

① 《全唐詩》題作「題薔薇花」。

② 雲，《全唐詩》作「陰」。

題胡氏溪亭

亭與溪相近，無時不有風。澗松生便黑，野蘚看多紅。雨足秋聲後，山沉夜色中。主人能守静，略與客心同。

和劉補闕秋園寓興之什選八

閒園清氣滿，新興日堪追。隔水蟬鳴後，當簷雁過時。雨餘槐穟重，霜近藥苗衰。不以朝簪貴，多將野客期。

二

誰言高靜意，不異在衡茅。竹冷人離洞，天晴鶴出巢。深籬藏白菌，荒蔓露青匏。匠。幾見中宵月，清光墜樹梢。俗結。

三

逍遥人事外，杖屨入杉蘿。草色寒猶在，純學乃師，而「在」字下得尤好。蟲聲晚漸多。靜逢山鳥下，幽稱野僧過。幾許新開菊，閒從落葉和。

四

留情新景宴①，朝罷有餘閒。蝶散紅蘭外，螢飛白露間。牆高微見寺，林靜遠分山。吟足期相訪，殘陽自掩關。

【校】

①新，《全唐詩》作「清」。

五

深齋常獨處①，詎肯厭秋聲。翠篠寒逾静②，孤花晚更明。每因逢石坐，多見抱書行。入夜聽疏杵，遥知耿此情。

【校】

①常，《全唐詩》作「嘗」。

②逾，《全唐詩》作「愈」。

六

蒼翠經宵在，園廬景自深。風凄欲去雁①，月思向來砧。「欲去」、「向來」字有味。碧石當莎逕，寒煙冒竹林。杯瓢閒寄詠，清絶是知音。

【校】

①雁，《全唐詩》作「燕」。

九

竹逕通鄰圃，清深稱獨遊。蟲絲交影細，藤子墜聲幽。勝「藤拆霜來子」。積潤苔紋厚，迎寒薺葉稠。閒來尋古畫，未廢執茶甌。

十

風物已蕭颯，晚煙生霽容。斜分紫陌樹，遠隔翠微鐘。宿客論文靜，閒燈落燼重。無窮林下意，真得古人風。

○水部有此題十首，平平頗無可賞，此爲青出於藍。分明是學乃師《和元郎中秋居》之什，然無一語雷同。正是減竈更燃也。如此乃謂善學。

酬李處士見贈

十上非無援①，才多卻累身。慨然。雲霄未得路，江海作閒人。局面。直説，正得古風。久別唯謀道，相逢不話貧。此唐賢自信處，不爲夸也。行藏一如此，可使老風塵②。

【校】

①十，《全唐詩》作「干」。

②使，咸豐本、《全唐詩》作「便」。

同盧校書遊新興寺

山深雲景别，有寺亦堪過。才子將迎遠，林僧氣性和。潭清蒲影定，松老鶴聲多。豈不思公府，其如野興何。

送祝秀才歸衢州

舊隱穀溪上①，憶歸年已深。學徒花下别，鄉路雪邊尋。騎吏陪春賞，江僧伴晚吟。高科如在意，當自惜光陰。祝其復還也。結常。

【校】

①穀，《全唐詩》作「縠」。

過孟浩然舊居

命合終山水，一語到家。才非不稱時。冢邊空有樹，身後更無兒①。散盡詩篇本，長存道德碑。平生誰見重，應只是王維。古人直樸如此。

【校】

① 更，《全唐詩》作「獨」。

送許上人遊天台①

青冥迎去路②，誰見獨隨緣。此地春前別，何山夜後禪。石橋隱深樹，朱闕見晴天。好是修行處，師當住幾年。純是水部聲口。

【校】

① 許，《全唐詩》作「虚」。

② 迎，《全唐詩》作「通」。

孔尚書致仕①

高人心易足，三字定得箇確。三表乞身閒。與世長疏索，唯僧得往還。直聲留闕下，生事在林間。時復逢清景，乘車看遠山。

【校】

① 《全唐詩》題作「孔尚書致仕因而有寄贈」。

塞下曲

萬里去長征，連年慣野營。入群來擇馬，抛伴去擒生。寫邊塞情事如見。此「生」字是人也，所以與「馬」字正對。箭撚雕翎闊，弓盤鵲角輕。問看行近遠，西過受降城。

○此等處純是水部家法。

送僧遊廬山①

客行皆有求②，師去是閒遊。確，妙。野望攜金策，禪棲寄石樓。山深松翠冷，潭静菊花秋。幾處題青壁，袈裟濺瀑流。

【校】

①《全唐詩》題作「送僧」。

② 求，《全唐詩》作「爲」。

旅中秋月有懷

久客未還鄉，中秋倍可傷。此句直促，非文昌體。暮天飛旅雁，故國在衡陽。予每諷此兩句，爲之黯然神傷。凡言情到至處，能使人黯然，故後此凡如此等句，謂之黯然語。島外歸雲迴，林間墜葉黄。數宵千里夢，時見舊書堂。

宿山店①

山店燈前客，晝出淒冷。酬身未有媒。鄉關貧後别，風雨夜深來。蕭然，情景俱無際。上國求丹桂，衡門長緑苔。堪驚雙鬢雪，不待歲寒催。

【校】

① 店，《全唐詩》作「居」。

夏末留别洞庭知己

清秋時節近，分袂獨淒然。此地折高柳，何門聽暮蟬。浪摇湖外日，山背楚南天。空感迢迢事，榮歸在幾年。

過洞庭

帆挂狂風起，茫茫既往時。波濤如未息，舟楫亦堪疑。此等用力太狠處，卻近曹松、裴説一輩人，乃是張門變相。旅雁投孤島，長天下四維。前程有平處，誰敢與心期。

叙吟

雅道辛勤久，「辛勤」二字下得妙。潛疑鬢雪侵。未能酬片善，難更免孤吟。有景皆牽思，無愁不到心。唐三百年詩法，盡此十字中。遥天一輪月，幾夜見西沉。

〇此詩亦近曹、裴。

夏日訪貞上人院

炎夏尋靈境，高僧澹蕩中。「澹蕩」二字妙。命棋限緑竹，盡日有清風。對法妙。流水離經閣，閒雲入梵宫。此時袪萬慮，直似出塵籠。

廢宅花

數樹荒庭上，芬芳映緑苔。自緣逢暖發，不是爲人開。色豔鶯猶在，香銷蝶已迴。相從無勝事，誰向此傾杯。

〇氣味從《古苑杏花》來，即項斯《晚春花》亦同一源派。

寄友人

當代知音少，相思在此身。一分南北路，長問往來人。真水部，然不善學易入滑也。是處應爲客，何門許掃塵。憑書正惆悵，蜀魄數聲新。

塗中感懷

世上利名牽①，塗中意慘然。到家能幾日，爲客便經年。眼前口頭語，卻即至詣。跡似萍隨水，情同鶴在田。何當功業遂，歸路下遥天。

【校】

① 利名，《全唐詩》作「名利」。

贈江夏盧使君

詩人中最屈，無與使君儔。白髮雖求退，明時合見收。與「得在朝廷少」二句意境相同。登山猶自健，縱酒可多愁。好是能騎馬，相逢在鄂州①。

【校】

① 在，《全唐詩》作「見」。

長安春日野中

青春思楚地，閒步出秦城。從「秦城啼楚鳥」句分出。滿眼是岐路，何年見弟兄。煙霞裝媚景，霄漢指前程。盡日徘徊處，歸鴻過玉京。「裝」「指」二字俗，結句亦不免，所取但起耳。

王建

建字仲初，潁川人，大曆十年進士。初爲渭南尉，歷秘書丞、侍御史。太和中出爲陜州司馬，從軍塞上。後歸咸陽，卜居原上。建工樂府，與張籍齊名，宫詞百首尤傳誦人口。

懷民按，世之稱仲初者，但知其七言古與宫詞耳，即張、王並列，亦止於樂府，若五、七律則概不相許，至謂司馬律不能工，或病其俗。噫嘻，世所謂不俗者吾知之矣。錯采鏤金，矯飾補假，以要博大精深之譽，至與言苦心體物、刻發難顯，其實不能耐心一思也。顧惟縱其情不以禮防者爲俗耳，俗情入詩，直尋天妙固是風雅之本。世惟認錯「俗」字，並雅亦失之，而所謂不俗者乃真俗矣。按仲初律詩實與司業合調，第司業妙於清麗，司馬偏於質厚，不無微分，不似朱慶餘之句句追步。至其字清意遠、工於匠物，則殊途同歸也。尊爲入室，良不誣矣。

送人遊塞

初晴天墮絲，興象化工。晚色上春枝。城下路分處，邊頭人去時。停車數行日，勸酒問回期。亦是茫茫客，還從此別離。

○格法乃與司業毫髪不異。

塞上逢故人

百戰一身在，相逢白髮生。何時得鄉信，每日算歸程。對法全是司業。走馬登寒壠，驅羊入廢城。羌笳三兩曲，人醉海西營。

南中

天南多鳥聲，五字已盡南中。州縣半無城。野市依蠻姓，山村逐水名。瘴煙沙上起，陰火雨中生。獨有求珠客，年年入海行。結法亦是司業。

汴路水驛

晚泊水邊驛，柳塘初起風。蛙鳴蒲葉下，魚入稻花中。去舍已云遠，問程猶向東。近來多怨別，不與少年同。

淮南使迴留別竇侍御

戀戀春恨結，綿綿淮草深。病身愁至夜，遠道畏逢陰。情近而確，故成不刊。忽逐酒盃會，暫同風景心。從今一分散，還是曉枝禽。

汴路即事

千里河煙直，青槐夾岸長。天涯同此路，人語各殊方。草市迎江貨，津橋稅海商。匠出繁盛。回看故宮柳，憔悴不成行。唐人匠物，無處不到，不必宜於冷僻而不宜於喧熱也。

山居

屋在瀑泉西，茅簷下有溪。閉門留野鹿，「留」字不奇，「閉門」字妙。分食養山雞。「養」字不奇，「分食」字妙。桂熟長收子，蘭生不作畦。初開洞中路，深處轉松梯。

醉後憶山中故人

花開草復秋，雲水自悠悠。因醉暫無事，在山難免愁。此等卻高，難到。遇晴須看月，鬬健且登樓。「鬬」字妙。暗想山中伴，如今盡白頭。

送流人

見説長沙去，無親亦共愁。陰雲鬼門夜，寒雨瘴江秋。此等與水部並無差別。水國山魈引，蠻鄉洞主留。漸看歸處遠，垂白住炎州。聲情純是。

○氣體乃爾沉雄！

貧居

眼底貧家計，多時總莫嫌。必有此見解。蠹生騰藥紙，字暗換書籤。看他説貧處止如此。避雨拾黄葉，遮風下黑簾。近來身不健，時就六壬占。

○如此家計，亦復清絶。

過趙居士擬置草堂處所

休師竹林北，空可兩三間。雖愛獨居好，終來相伴閒。猶嫌近前樹，偏説嫌。爲礙看南山。偏説礙。雖愛終來，猶嫌爲礙。後人必以爲平頭矣，烏知其妙！的有深耕處，春初須早還。

飯僧

別屋二字先妙。炊香飯，葷辛不入家。温泉調葛麵，淨手摘藤花。極其珍貴。蒲鮓除青葉，芹薤帶紫芽。願師常伴食，消氣有薑茶。

答寄芙蓉冠子

一學芙蓉葉，初開映水幽。雖經小兒手，不稱老夫頭。枕上眠常戴，風前醉恐柔字法。。明年有閨閣，此樣必難求。妙寫俗情。

○此等與司業詩參看。

冬夜感懷

晚年恩愛少，仲初七言有云：「再經婚娶尚單身。」想晚年遂鰥居也。耳目靜於僧。竟夜不聞語，空房唯有燈。氣噓寒被溼，霜入破窗凝。斷得人間事，長如此亦能。

○沉著不讓少陵。

初到昭應呈同僚

白髮初爲吏，有慚年少郎。自知身上拙，不稱世間忙。言外自見偃蹇。秋雨縣牆緑①，暮山宫樹黄。同官若容許，長借老僧房。

【校】

① 縣，《全唐詩》作「懸」。

閒居即事

老病貪光景，尋常不下簾。妻愁耽酒僻，人怪考詩嚴。此句著眼，當知此尋常淡語都經嚴考來。小婢偷紅紙，嬌兒弄白髯。此等自不同樂天。有時看舊卷，未免意中嫌。

○嘗見米元章一帖，橫跋云：「此詩凡三四寫，僅有一兩字好。書亦一難事，須知其難，乃有入處。」看此結句，蓋可證矣。

林居

荒林四面通，門在野田中。頑僕長如客，貧居未勝蓬。舊綿衣不煖，新草屋多風。匠物，其理亦盡。唯去山南近，閒親販藥翁。

原上新居十三首選九

新占原頭地，本無山可歸。荒藤生葉晚，老杏著花稀。稍有比意，不可執泥。廚舍近泥竈，家人初飽薇。高。弟兄今四散，何日更相依。

二

一家妙在二字。榆柳新，四面遠無鄰。人少愁聞病，莊孤幸得貧。人情語，理亦確至。耕牛長願飽，樵僕每憐勤。終日憂衣食，何由得此身。莫教此等哄了。陶公云：「人生歸有道，衣食固其端。」但自是寓而不留，學人胸中斷著不得此等事。

三

長安無舊識，百里是天涯。寂寞思逢客，荒涼喜見花。訪僧求賤藥，將馬市豪家①。乍得新蔬菜，朝盤忽覺奢。

【校】

①市，《全唐詩》作「中」。

四

雞鳴村舍遥，花發亦蕭條。此等自具元化，最不易及。野竹初生筍，溪田未得苗。家貧僮僕瘦，春冷菜蔬焦。甘分長如此，無名在聖朝。

○陶體。

五

春來梨棗盡，啼哭小兒飢。鄰富雞常去，莊貧客漸稀。入情語，理亦確至。或曰：「莊貧何以有富鄰？」此高叟之見也。借牛耕地晚，賣樹納錢遲。牆下當官路，依山補竹籬。

八

移家近住村，貧苦自安存。細問梨果植，遠求花藥根。倩人開廢井，趁犢字法。入新園。長愛當山立，黄昏不閉門。

九

和煖遶林行，新貧足喜聲。五字絶入情，絶高。掃渠憂竹旱，澆地引蘭生。山客憑栽樹，家童使入城①。祇眼前語。門前粉壁上，書著縣官名。傲岸。

【校】

① 童，《全唐詩》作「僮」。

十

住處鐘鼓外，免爭當路橋。身閒時卻困，兒病向來嬌①。入情語，理亦確至。雞睡日陽暖，蜂狂花豔燒。筆有造化。「艷」「燒」二字如何聯如何押？然必如此乃能匠出花、匠出蜂之狂來。若俗手必曰艷開曰亂燒矣。長安足門户，疊疊看登朝。

【校】

① 向，《全唐詩》作「可」。

十三

住處去山近，傍園麋鹿行。野桑穿井出①，荒竹過牆生。新識鄰里面，未諳村舍情②。天然情事自妙。石田無力及，賤賃與人耕。

【校】

① 出，《全唐詩》作「長」。

② 舍，《全唐詩》作「社」。

送李評事使蜀

勸酒不依巡，明朝萬里人。轉江雲棧細，近驛板橋新。石冷啼猿影，松昏戲鹿塵。少年爲客好，況是益州春①。

【校】

① 春，底本原作「人」，據咸豐本、《全唐詩》改。

贈洪誓師

老僧真古畫，先匠一句。閒坐語中聽。識病方書聖，諳山草木靈。人來多施藥，願滿不持經。偏説不持經，妙。相伴尋溪竹，秋苔襪履青。

寒食

田舍清明日，家家出火遲。白衫眠古巷，紅索搭高枝。田家寒食如畫。紗帶生難結，銅釵重欲垂。斬新衣踏盡，還似去年時。宛然入情。

貽小尼師

新剃青頭髮，生來未掃眉。身輕禮拜穩，心慢記經遲。匠「小」意，妙。喚起猶侵曉，催齋已過時。二句總是「小」意。春晴階下立，私地弄花枝。

惜歡

當歡須且歡，過後買應難。慨然起興。歲去停燈守，花開把火看。狂來欺酒淺，愁盡覺天寬。次第頭皆白，齊年人已殘。

山中惜花

忽看花漸稀，罪過酒醒遲①。尋覓風來處，驚張夜落時。靜緣。遊絲纏故蕊，宿鳥守空枝②。

開取當軒地，年年樹底期。

【校】

①遲，《全唐詩》作「時」。

②鳥，《全唐詩》作「夜」。

隱者居

山人住處高，看日上蟠桃。雪縷青山脈，雲生白鶴毛。朱書護身咒，水噀斷邪刀。何物中長食，胡麻慢火熬。

○此與水部《隱者》、《辟穀者》皆一例。

昭應官舍

繞廳春草合，知道縣家閒。妙。行見雨遮院，卧看人上山。避風新浴後，請假未醒間。朝客輕卑吏，從他不往還。自見高致。

送嚴大夫赴桂州

嶺頭分界堠①，一半屬湘潭。水驛門旗出，山巒洞主參。「出」「參」二字宛如親歷。辟邪犀角重，解酒荔枝甘。莫歎京華遠，安南更有南。

【校】

①堠，《全唐詩》作「候」。

望行人

自從江樹秋，日日望江樓。夢見離珠浦，書來在桂州。恍惚迷離，寫出凝望深情，而珠浦、桂州敷色琢對，雅鍊工妙，所以爲唐人之詩。願同魚比目①，此句不佳。終恨水分流。久不開明鏡，多應是白頭。○與司業《思遠人》詩同工異曲，惜後四稍平。

【校】

①願，《全唐詩》作「不」。

塞上

漫漫復淒淒，黄沙暮漸迷。人當故鄉立，馬過舊營嘶。慘。斷雁逢冰磧，回軍占雪溪。夜來山下哭，應是送降奚。寫邊事如見。

于鵠

鵠①，大曆、貞元間詩人也。隱居漢陽，嘗爲諸府從事。懷民按，于鵠亡其字，出處亦不甚可考，傳者但知爲大曆、貞元間詩人而已。五古氣格沉雄，絶近岑嘉州；七言律亦軒爽；獨五言近體則絶似原本於水部而窺其律格之秘者。但水部貞元十五年進士，至元和中其名始重，若鵠在大曆、貞元間，乃爲水部前輩。既不可考，姑就其詩，次之在王仲初下，爲入室第二人。甯焯附按，水部集中有《哭于鵠》詩云：「我初有章句，相合者惟君。」則鵠固水部詩友也，自應與仲初齊肩。

【校】

① 咸豐本無「鵠」字。

南谿書齋

茅屋住來久①，山深不置門。草生垂井口，花落擁籬根。閒細。入院將鶵鳥，尋蘿抱子猿。曾逢異人説，風景似桃源。

【校】

①住，《全唐詩》作「往」。

送客遊邊①

若到并州北②，誰人不憶家。超拔。塞深無去伴③，路盡有平沙。磧冷唯逢雁，天春不見花。莫隨征將意，垂老事輕車。

○氣味已是水部。

【校】

①《全唐詩》題作「送張司直入單于」。

②到，《全唐詩》作「過」。

③去伴，《全唐詩》作「伴侶」。

春山居

獨來多任性，惟與白雲期。深處二字妙。花開盡，遲眠人不知。對法更妙。深靜。水流山暗處，風起月明時。閒句都妙，此最宜體會。望見南峰近，年年懶更移。

山中自述

三十無名客，空山獨卧秋。病多知藥性，年長信人愁。新警處全要真確。螢影竹窗下，松聲茅屋頭。近來心更静，不夢世間遊。

題鄰居

僻巷鄰家少，茅簷喜並居。蒸梨常共竈，澆薤亦同渠。傳屐朝尋藥，分燈夜讀書。雖然在城市，還得似樵漁。

○全似學水部《贈同溪客》詩。

題宇文褧山寺讀書院①

讀書林下寺，不出動經年。草閣連僧院，山厨共石泉。雲亭無履跡②，龕壁有燈煙。年少今頭白，删詩到幾篇。

【校】

① 褧，《全唐詩》作「裒」。

② 亭，《全唐詩》作「庭」。

惜花

夜來花欲盡，始惜兩三枝。早起尋稀處，閒眠記落時。蕊焦蜂自散，蒂折蝶還移。攀着殷勤別，明年更有期。

○宜與仲初《山中惜花》詩並看，知其同出於水部也。

送遷客

流人何處去，萬里向江州。江邊諸州也。若是九江，何得謂炎方？孤驛瘴煙重，行人巴草秋。聲情絶似水部。上帆南去遠，送雁北看愁。遍問炎方客，無人得白頭。絶似。

贈李太守

幾年爲太守①，家似布衣貧。沽酒迎幽客，無金與近臣。直説得自高。宋四靈中有《贈楊誠齋》詩句云：「貧惟帶有金。」又翻出得妙。擣茶書院靜，講《易》藥堂春。都似水部語。歸闕功成後，隨車有野人。

【校】

①太，《全唐詩》作「郡」。

出塞

單于驕愛獵，放火到軍城。乘月調新馬，防秋置遠營。此等總以能得邊塞情事，逼真爲妙。空山朱戟影，寒磧鐵衣聲。渡水逢胡説，沙陰有伏兵。

二

微雪軍將出，吹笳天未明。觀兵登古戍，斬將對雙旌。逼真。分陣瞻山勢，潛兵制馬鳴。如今青史上，已有滅胡名。

贈不食姑

不食非關藥，天生是女仙。妙。見人還起拜，不食宜不能起拜，「還」字妙。留伴亦開田。姑雖不食，伴自開田，「亦」字妙。此皆於傍面著筆。無窟尋溪宿，兼衣掃葉眠。不知何代女，猶帶剪刀錢。「不知」二字妙，故爲疑惑，只當雅謔。

○竟似有心學水部《不食姑》、《贈辟穀者》等篇。

出塞

葱嶺秋塵起，全軍取月支。山川引行陣，蕃漢列旌旗。如見。轉戰疲兵少，孤城外救遲。情事逼真。邊人逢聖代，不見偃戈時。戒黷武意説得婉妙。

尋李暹

任性常多出，人來得見稀。市樓逢酒住，野寺送僧歸。寫出高致。簷下懸秋葉，籬頭曬褐衣。門前南北路，誰肯入柴扉。

温泉僧房

雲裏前朝寺，修行獨幾年。一起便似。山村無施食，盥漱亦安禪。純是水部。古塔巢溪鳥，深房閉谷泉。自言曾入室，知處梵王天。

哭劉夫子

近問南州客，云亡已數春。痛心曾受業，追服恨無親。正見情深，非議古禮。孀婦歸鄉里，書齋屬四鄰。不知經亂後，奠祭有何人。

尋李逸人舊居

舊隱松林下，衝泉入兩涯。琴書隨弟子，雞犬在鄰家。暗用淮南王雲中雞犬意。本是鄰家自有雞犬，自我目中全似故人之雞犬走向鄰家者，此與水部「犬善」「鶴鳴」同妙。茅屋長黄菌，槿籬生白花。幽墳無處訪，恐是入煙霞。

題樹下禪師

久行多不定，樹下是禪牀。寂寂心無住，年年日自長。未免少率。蟲蛇同宿磵，妙。草木共經霜。妙。真能寫出定身。已見南人説，天台有舊房。必説到此，方合體例。

題南峰褚道士

得道南山久，曾教四皓棋。加倍寫。閉門醫病鶴，倒篋養神龜。常事卻寫得奇異。松際風長在，泉中草不衰。可知其人。誰知茅屋裏，有路向峨嵋。奇。

○全得水部體格。

山中寄樊僕射

卻憶東溪日，同年事魯儒。僧房閒共宿，酒肆醉相扶。天畔雙旌貴，山中病客孤。如此分接，感意自深。無謀還有計，春谷種桑榆①。

【校】

①榆，咸豐本作「無」。

山中寄韋鉦

懶成身病日，因醉卧多時。送客出谿少，暗用過虎溪事。讀書終卷遲。與水部「借書常送遲」又别一意。幽窗聞墜葉，静極。晴景見遊絲。細極。若是粗心浮氣人，哪能理會得？早晚來收藥，門前有紫芝。○寂淡淵永之味。

夜會李太守宅

郡齋常夜掃，不卧獨吟詩。把燭迎幽客①，升堂戴接䍦。好衹尋常，宛合水部。微風吹凍葉，餘雪落寒枝。明日逢山伴，須令隱者知。

【校】

①迎，《全唐詩》作「近」。

題柏臺山僧

上方唯一室，禪定對山容。行道臨孤壁，持齋聽遠鐘。枯藤離舊樹，朽石落高峰。僧在其中，道行可想。後人則必贊道高德重矣。不向雲間見，還應夢裏逢。

過張老園林

身老無修飾，頭巾用白紗。開門朝掃徑，輦水夜澆花。藥氣聞深巷，桐陰到數家。不愁還酒債，腰下有丹砂。

項斯

斯字子遷，江東人也。會昌四年，左僕射王起下進士及第。始命潤州丹徒縣尉，卒於任。張洎《項斯詩序》：寶曆、開成之際，君聲價藉甚，時特爲張水部所知賞，故其詩格頗與水部相類，詞清妙而句美麗奇絶，蓋得於意表，殆非常情所及。故鄭少師薰云：「項斯逢水部，誰道不關情？」又楊祭酒敬之云：「幾度見詩詩總好，及觀標格過於詩。平生不解藏人善，到處逢人説項斯。」

懷民按，子遷無古詩，五、七律皆學水部，次於朱慶餘，斷爲升堂第一人。

寄石橋僧

逢師入山日，道在石橋邊。别後何人見，秋來幾處禪。活字。溪中雲隔寺，夜半雪添泉。生有天台約，知無卻出緣。

送歐陽袞歸閩中

秦城幾年住，猶著故鄉衣。失意時相識，成名後獨歸。海秋蠻樹黑，嶺夜瘴禽飛。爲學心難滿，知君更掩扉。

○的是有意學水部。

題令狐處士谿房①

白髮已過半，無心離此溪。宛肖口角。病嘗山藥徧，貧起草堂低。即見高致。爲月窗從破，因詩壁重泥。近來常夜坐，寂寞與僧齊。

【校】

① 房，《全唐詩》作「居」。

送僧歸南嶽

心知衡嶽路，不怕去人稀。船裏猶鳴磬①。沙頭自曝衣。有家從小別，是寺即言歸。料得逢寒字法。住②，當禪字法。雪滿扉③。

【校】

① 猶，《全唐詩》作「誰」。

② 寒，《全唐詩》作「春」。

③ 雪，《全唐詩》作「雲」。

山友贈蘚花冠

塵汙出華髮，慚君青蘚冠。此身閒未得，終日戴應難。偏如此説。好就松陰挂，宜當枕石看。會須尋道士，簪去繞霜壇。

○似學王丞《答寄芙蓉冠子》。

蠻家

領得賣珠錢，還歸銅柱邊。看兒調小象，打鼓試新船。醉後眠神樹，耕時語瘴煙。不逢寒便老，相問莫知年。

○從水部《送蠻客》《送南客》《送南遷客》《送海客》數篇中翻轉而得。

晚春花

陰洞日光薄，花開不及時。當春無半樹，經燒足空枝。疏與香風會，細將泉影移。此中人到少，開盡幾人知。

○全學《古苑杏花》詩。

送華陰隱者

往往到城市，得非徵藥錢。世人空識面，似常。弟子莫知年。似奇。自説能醫死，相期更學仙。疑真疑幻。近來移住處，毛女舊峰前。可想。

○體例是一定，而聲情是張非賈。

留别張水部籍

省中重拜别，兼領寄人書。極尋常事，説得如此閒致、如此深情，似未經人道著。已念此行遠，不應相問疏。禁城西並宅①，御水北同渠。要取春前到，乘閒候起居。總是尋常，妙。

【校】

①禁，《全唐詩》作「子」。

小古鏡

字已無人識，唯應記鑄年。見來深似水，匠。攜去重於錢。匠。鸞翅巢空月，菱花徧小天。宮中照黄帝，曾得化爲仙。

題太白山隱者

高居在幽嶺，人得見時稀。寫籙扃虚白，尋僧到翠微。掃壇星下宿，收藥雨中歸。從服小還後，自疑身解飛。

病中懷王展先輩在天台

枕上用心静，唯應改舊詩。强行休去早，暫卧起還遲。寫病意極真極有味。因説來歸處，卻愁初病時。赤城山下寺，無計得相隨。看他止此一點。

邊游

古鎮門前去，長安路在東。天寒明堠火，日晚裂字法。不尖。旗風。塞館皆無簟①，儒裝亦有弓。防秋故鄉卒，暫喜語音同。

【校】

① 簟，《全唐詩》作「事」。

夜泊淮陰

夜入楚家煙，煙中人未眠。二煙唐人聲口。望來淮岸盡，坐到二字宛然。酒樓前。燈影半臨水，筝聲多在船。如聞。乘流向東去，別此易經年。

○予每誦此詩，其味數日不能去懷，其音數日不能去耳。何必海上琴能移情耶？

遠水

渺渺浸天色，一邊生晚光。妙。闊浮萍思遠，寒入雁愁長。北極連平地，東流即故鄉。感。扁舟來宿處，髣髴似瀟湘。

○須看此等題，是唐人閒冷眼拈出。

送殷中丞遊邊

話別無長夜，燈前聞曙鴉。已行難避雪，何處合逢花。野寺門多閉，羌樓酒不賒。還須見邊將，誰擬靜塵沙。

日南病僧①

雲水絶歸路，來時風送船。不言身後事，猶坐病中禪。深壁藏燈影，空窗出艾煙。匠以苦得。已無鄉土信，起塔寺門前。

【校】

① 南，《全唐詩》作「東」。

送顧少府

作尉年猶少，無辭去路賒。漁舟縣前泊，山吏日高衙。宛然。幽景臨谿寺，秋蟬織紵家①。如見。行程須過越，先醉鏡湖花。

【校】

①紵，《全唐詩》作「杼」。

寄流人

毒草不曾枯，長添客健無。霧開蠻市合，船散海城孤。真如親到見者。象跡頻藏齒，龍涎遠蔽珠。家人秦地老，泣對日南圖。

華頂道者

仙人掌中住，生有上天期。不過「華頂」二字，寫得如此奇特。已廢燒丹處，猶多種杏時。養龍於淺水，祇似尋常，妙。寄鶴在高枝。妙在「寄」字。得道復無事，相逢盡日棋。

酬從叔聽夜泉見寄

夢罷更開户，寒泉聲隔雲。共誰尋最遠，獨自坐偏聞。巖際和風滴，溪中泛月分。豈知當此夜，流念到江濆。此詩著意尤在結處。

○凡卷中聽泉詩，皆與水部一脈。

送蘇士歸西山①

南遊何所爲，一篋又空歸。守道安清世，無心换白衣。深林蟬噪暮，絶頂客來稀。早晚重相見，論詩更及微。

【校】

①《全唐詩》題爲「送蘇處士歸西山」。

遊爛柯山

步步出塵氛，溪山别是春。壇邊時過鶴，棋處字法。寂無人。訪古碑多缺，探幽路不真。翻疑歸去晚，清世累移晨。

〇意祇尋常，而空曠不同。

中秋夜懷

趨馳早晚休，一歲又殘秋。若只如今日，何難至白頭。妙在無理。滄波歸處遠，旅食向邊愁①。賴見前賢説，窮通不自由。即淵明「賴古多此賢」意。

○三四所説「如今日」者即在起處與五六句，氣骨必有如此，唐諸詩人皆然。

【校】

① 向，《全唐詩》作「尚」。

寄富春孫路處士

平生醉與吟，誰是見君心。上國一歸去，滄江閒至今。鐘繁秋寺近，峰闊晚濤深。疏放長如此，何人長得尋。

送顧非熊及第歸茅山

吟詩三十載，成此一名難。自有恩門入，全無帝里歡。湖光愁裏碧，巖影夢中寒①。到後松杉月，何人共曉看。

○深情高致，有此人不可無此詩。

【校】

① 影，《全唐詩》作「景」。

途中逢友人

長大有南北，山川各所之。相逢孤館夜，共憶少年時。爛醉百花酒，狂題幾首詩。來朝又分袂，後會鬢應絲。

送友人下第歸襄陽

失意已春殘，歸愁與別難。山分關路細，江遶夜城寒。水部家法。草色連晴坂，鼉聲離曉灘。差池是秋賦，何以暫懷安。

許渾

渾字用晦，丹陽人。故相圉師之後。太和六年進士第，爲當塗、太平二縣令，以病免。起潤州司馬。大中三年，爲監察御史，歷虞部員外郎，睦、郢二州刺史。潤州有丁卯橋，渾別墅在焉，因以名其集。

懷民按，用晦詩豐潤有餘，清瘦不足，故格少降。然韻遠情長，工於匠物，撰力不在朱慶餘下，或起結稍遜耳。其宗水部雖無明文，而淵源可尋。楊升菴乃據孫光憲論，以爲唐詩至許渾淺陋極矣，晚唐之最下者，當時已有公論。予謂此直小兒檢瓜之見耳，何曾窺見古人至處！且用修常稱晚唐律詩，義山而下，惟杜牧之爲最；又稱韋莊詩多佳。韋讀許詩，曰：「江南才子許渾詩，字字清新句句奇。十斛珍珠量不盡，惠休空作碧雲詞。」杜牧亦有寄渾句曰：「江南仲蔚多清調①，悵望青雲幾首詩。」其爲當時名流推重如此。余嘗謂唐人論詩最精確，用修一人私見，豈能杜絕天下後世之口？特著爲升堂第二，以爲學古先路。

【校】

①清，《全唐詩》作「情」。

陪王尚書泛舟蓮池

蓮塘移畫舸，泛泛日華清。水暖魚頻躍，煙秋雁早鳴。便不同。舞疑迴雪態，歌轉遏雲聲。爲人輕處以此等句。客散山公醉，風高月滿城。

○祇是尋常字句，而韻遠味腴，便耐諷詠。後世不深入而妄詆之，正不值作者一笑。陳後山云：「後世無高學，舉俗愛許渾。」須知俗人所愛，非能得其妙處，其妙處恐後山亦未及深求也。

贈裴處士

爲儒白髮生，鄉里早聞名。煖酒雪初下，讀書山欲明。清迥似此，豈俗人所能學得？字形翻鳥跡，詩調合猿聲。門外滄浪水，知君欲濯纓。

對雪

飛舞北風涼，玉人歌玉堂。簾帷增曙色，珠翠發寒光。賦雪之妙，從未到此，不得以設色少之。後來蘇子瞻《超然臺上雪》詩有意及此，然無此清艷逼真。柳重絮微溼，梅繁花未香。爲人輕處以此等句。茲辰賀豐歲，簫鼓宴梁王。

早秋三首選一

遥夜泛清瑟，西風生翠蘿。殘螢委玉露，早雁拂銀河。全是韻勝。高樹曉還密，遠山晴更多。此等處景真，尤在理足。淮南一葉下，自覺老煙波。

送段覺歸杜曲閒居

書劍南歸去，山扉別幾年。苔侵巖下路，果落洞中泉。紅葉高齋雨，青蘿曲檻煙。寧知遠遊客，羸馬太平前①。

【校】

①平，《全唐詩》作「行」。

晨起二首

桂樹緑層層，風微煙露凝。簷楹銜落月，幃幌映殘燈。爲人輕處以此等句。蘄簟曙香冷，越瓶秋水澄。心閒即無事，何異住山僧。

二

殘月皓煙露，掩門深竹齋。水蟲鳴曲檻，山鳥下空階。淡味絶近張、王。清鏡曉看髮，素琴秋寄懷。因知北窗客，日與世情乖。

示弟

自爾出門去，淚痕長滿衣。此起所以不及朱慶餘、項斯。家貧爲客早，路遠得書稀。絶似水部。文字何人賞，煙波幾日歸。秋風正摇落，孤雁又南飛。水部。

題杜居士

松偃石林平①，何人識姓名。溪冰寒棹響字法。，巖雪夜窗明字法。水部佳句。。機盡心猿伏，神閒意馬行。「心猿」「意馬」對，熟常。應知此來客，身世兩無情。

【校】

① 林，《全唐詩》作「牀」。

神女祠

停車祀神女①，起亦不佳。涼葉下陰風。龍氣石牀溼，字法。鳥聲山廟空。字法。似水部語。長眉留桂緑，丹臉寄蓮紅。爲人輕處以此等句。莫學陽臺畔，朝雲暮雨中。確得水部神致。

【校】

①神，《全唐詩》作「聖」。

游維山新興寺宿石屏村謝叟家　村有魯肅廟。

晚過石屏村，村長日漸曛。僧歸下嶺見，人語隔溪聞。谷響寒耕雪，山明夜燒雲。家家扣銅鼓，欲賽魯將軍。

○運題工絶，氣味亦純是水部。

晚泊七里灘

天晚日沉沉，歸舟繫柳陰。江村平見寺，山郭遠聞砧。何必是此地，卻是此地。樹密猿聲響，波澄雁影深。榮華暫時事，誰識子陵心。止一點，足矣。

送前緱氏韋明府南游

酒闌横劍歌，日暮望關河。道直去官早，家貧爲客多。此等皆從水部變出。山昏函谷雨，木落洞庭波。莫盡遠游興，故園荒薜蘿。

留贈偃師主人

孤城漏未殘，徒侣拂征鞍。洛北去程遠①，淮南歸夢闌。曉燈回壁暗，晴雪捲簾寒。此等劉文房與張文昌合調者也。强盡主人酒，出門行路難。

【校】

① 程，《全唐詩》作「遊」。

别韋處士

南北斷蓬飛，别多相見稀。更傷今日酒，未换昔年衣。舊友幾人在，故鄉何處歸。秦原向西路，雲晚雪霏霏。

○通首氣味全似，特撰力弱耳。

送惟素上人歸新安

山空葉復落，一逕下新安。風急渡溪晚，雪晴歸寺寒。畫。尋雲策藤杖，向日倚蒲團。寧憶西游客，勞勞歌路難。

尋戴處士

車馬長安道，誰知大隱心。蠻僧留古鏡，蜀客寄新琴。古情全在「留」字「寄」字。曬藥竹齋暖，擣茶松院深。須看此等，全似。思君一相訪，殘雪似山陰。

放猿

殷勤解金鎖，昨夜雨淒淒。格。山淺憶巫峽，水寒思建溪。遠尋紅樹宿，深向白雲啼。好覓來時路，煙蘿莫自迷①。

【校】

① 自，《全唐詩》作「共」。

將離郊原留示弟姪①

身賤與心違，秋風生旅衣。久貧辭國遠，多病在家稀。山暝客初散，樹涼人未歸。西都萬餘里，明旦別柴扉。

○純乎張格張派。

【校】

①原，《全唐詩》作「園」。

秋日衆哲館對竹

蕭蕭凌雪霜，濃翠異三湘。疏影月移壁，寒聲風滿堂。刻畫亦是水部。捲簾秋更早，高枕夜偏長。逼真。忽憶秦溪路，萬竿今正涼。

秋日赴闕題潼關驛樓

紅葉晚蕭蕭，長亭酒一瓢。殘雲歸太華，疏雨過中條。與許元化又自不同。樹色隨關迥①，河聲入塞遥②。帝鄉明日到，猶自夢漁樵。博大，得登眺意。

【校】

①關，《全唐詩》作「山」。

②塞，《全唐詩》作「海」。

送魚思別處士歸有懷

宴罷衆賓散，長歌攜一卮。溪亭相送遠，山郭獨歸遲。全得水部妙處。風檻夕雲散，月軒寒露滋。病來雙鬢白，不是舊離時。純是，不但純似。

將赴京師留題孫處士山居選一

草堂近西郭，遥對敬亭開。枕膩海雲起，簟涼山雨來。二句意未盡，故又暢作七言。「溪雲初起日沉閣，山雨欲來風滿樓」是也。高歌懷地肺，遠賦憶天台。應學相如志，終須駟馬回。爲人輕處以此等句。

洛中秋日

故國無歸處，官閒憶遠遊。吴僧秣陵寺，楚客洞庭舟。此等天妙，亦不同常熟。此不可以摹擬得，一著跡便常熟矣。久病先知雨，長貧早覺秋。此等情真，尤在理足。壯心能幾許，伊水更東流。

○脱去摹擬之跡，全任神行。

潼關蘭若

來往幾經過，前軒枕大河。遠帆春水闊，「遠帆」匠，「闊」字妙。高寺夕陽多。「高寺」匠，「多」字妙。蝶影下紅藥，鳥聲喧綠蘿。故山歸未得，徒詠採芝歌。

春泊弋陽

江行春欲半，孤枕弋陽堤。雲暗猶飄雪，潮寒未應溪。飲猿聞棹散，飛鳥背船低。真妙。此路成幽絶，家山鞏洛西。

晨别翛然上人

吳僧誦經罷，敗衲倚蒲團。鐘韻花猶斂，樓陰月尚殘①。晴山開殿響，字妙。秋水捲簾寒。此水部所未及道。獨恨孤舟去，千灘復萬灘。

【校】

①尚，咸豐本、《全唐詩》作「向」。

題岫上人院

病客與僧閒，頻來不掩關。水部口角。高窗雲外樹，疏磬雨中山。離索秋蟲響，登臨夕鳥還。心知落帆處，明月淛河灣。

送客南歸有懷

緑水暖青蘋，湘潭萬里春。瓦尊迎海客，銅鼓賽江神。非真水部而何！避雨松楓岸，看雲楊柳津。長安一杯酒，座上有歸人。○格老。

江西鄭常侍赴鎮之日有寄酬和①

來暮亦何愁，金貂在鷁舟。旆隨寒浪動，帆帶夕陽收。布令滕王閣，裁詩郢客樓。即應歸鳳沼，中外贊天休。此等少涉膚腴。

【校】

①《全唐詩》「酬」前有「因」字。

與裴三十秀才自越西歸望亭阻凍登虎丘山寺精舍

春草越吴間，心期旦夕還。酒鄉逢客病，詩境遇僧閒。倚櫂冰生浦，登樓雪滿山。「開門雪滿山」自是右丞語，「門對寒流雪滿山」自是左司語，「登樓雪滿山」自是丁卯橋語。其發興同而吐屬自别。東風不可待，歸鬢坐斑斑。

贈高處士

宅前雲水滿，高興一書生。垂釣有深意，寫神。望山多遠情。寫神。夜棋留客宿，春酒勸僧傾。「留」字「勸」字妙。未作干時計，何人問姓名。

寄殷堯藩

直道知難用，經年向水濱。唐詩人多具此骨子，所以朗然自負。後人無是，故易餒也。宅從栽竹貴，偏説貴，妙。家爲買書貧。説得好。就學多新客，登朝盡故人。蓬萊自有路，莫羡武陵春。

送友人罷舉歸東海

滄波天塹外，何島是新羅。舶主辭番遠，棋僧入漢多。海風吹白鶴，沙日曬紅螺。此去知投筆，須求利劍磨。即同温岐「欲將書劍學從軍」意，皆本項羽傳。

遊茅山

步步入山門，仙家鳥徑分。漁樵不到處，進一層。麋鹿自成群。石面迸出水，松頭穿破雲。二句樸拙，酷似仲初。道人星月下，相次禮茅君。

暝投靈智寺渡谿不得卻取沿江路往

雙巖瀉一川，回馬斷橋前。古廟陰風地，寒鐘暮雨天。如見。沙虚留虎跡，水滑帶龍涎。此二句皆似水部，少鶴尤取次句，而嫌必龍虎對。卻下臨江路，潮深無渡船。

○看其運題之法，既非抛撇，又非挨叙，此中有斷制剪裁在，即所謂格也。

下第歸蒲城墅居

失意歸三徑，傷春別九門。薄煙楊柳路，微雨杏花村。牧豎還呼犢，「還」字妙。鄰翁亦抱孫。「亦」字妙。不知余正苦，迎馬問寒温。情真景真，妙，妙。○皆失意眼中看出。

尋周鍊師不遇留贈

閉門池館静，云訪紫芝翁。零落槿花雨，參差荷葉風。夜棋全局在，春酒半壺空。妙於尋常中見高致。長嘯倚西閣，悠悠名利中。結興遠。

山居冬夜喜魏扶見訪因贈

霜風露葉下，遠思獨徘回。夜久草堂静，月明山客來。極常語卻不常，惟知者知之。遣貧相勸酒，憶字共書灰。逼真。何事清平世，干名待有媒。

題愁

聚散竟無形，迴腸百結成。古今銷不得，離别覺潛生。降虜將軍思，窮秋遠客情。何人更憔悴，落第泣秦京。詩中有人爲之主也。

司空圖

圖字表聖，河中虞鄉人。咸通末擢進士第，由宣歙幕歷禮部郎中。僖宗行在用爲知制誥、中書舍人。歸隱中條山王官谷。龍紀、乾寧間徵拜舊官，及以户、兵二部侍郎召，皆不起。遷洛後被詔入朝，以野耄丐歸。朱全忠受禪，召爲禮部尚書，不食而卒。圖少有俊才，晚年避世棲遁，自號知非子、耐辱居士。有先世别墅，泉石林亭，頗愜幽趣，日與名僧高士遊詠其中。有《一鳴集》三十卷，内詩十卷。

圖爲諫議，避亂隱王官谷，預爲壽藏，與故人壙中吟飲，出則布衣鳩杖。歲時村社，必往盡醉。爲王重榮作碑，贈絹千匹，置市門恣人取之。

圖著《詩品》二十四則，曰雄渾、沖淡、纖穠、沉著、高古、典雅、洗鍊、勁健、綺麗、自然、含蓄、豪放、精神、縝密、疏野、清奇、委曲、實境、悲慨、形容、超詣、飄逸、曠遠、流動。每則六韻，每句四字。

蘇軾曰：唐末司空圖崎嶇兵亂之間，而詩文高雅，猶有承平之遺風。其論詩曰「梅止於酸，鹽止於鹹。飲食不可無鹽梅，而其美常在酸鹹之外」云云。

蘇軾《遊白鶴觀》詩序：司空表聖自論其詩得味外味，「棋聲花院靜，幡影石壇高」之句爲尤善。余嘗獨遊五老峰白鶴觀，松陰滿地，不見一人，惟聞棋聲，然後知此句之工。

懷民按，表聖詩格韻清妙，與水部有神骨之肖，但遺文散失，五律纔有二十首，稍汰之，僅得九篇，其他古體十首、七律十八首、五七言絶句三百餘首，多寡乃爾不倫。固知表聖五言詩尚多，其散見於他書者如「人家寒食月，花影午時天」「棋聲花院靜，幡影石壇高」等句，俱清奇新警，抉格律之精。今俱不得全篇，惜哉！聊就所存者，推爲升堂第三人。

早春

傷懷仍客處①，病眼卻花朝。草嫩侵沙長②，冰輕著雨消。有味處全在細，故天下物之粗者味短。風光知可愛，容髮不相饒。此等卻非樂天。早晚丹丘伴③，飛書肯見招。

【校】

①仍，《全唐詩》作「同」。

②長，《全唐詩》作「短」。

③伴，《全唐詩》作「去」。

上陌梯寺懷舊僧二首

雲根禪客居，皆説舊無廬。松日明金像，山風響木魚。依棲應不阻，名利本來疎。縱有人相問，林間懶拆書。

○象外超逸。

高鴉隔谷見，路轉寺西門。塔影蔭泉脈，山苗侵燒痕。此在《詩品》當屬含蓄、縝密、委曲、形容四則。鐘疏含杳靄，閣迴亘黄昏①。更待他僧到，長如前信存。

○二詩結處皆不甚楚楚，或題有闕誤。

【校】

① 閣，《全唐詩》作「閤」。

贈信美寺岑上人

巡禮諸方遍，湘南頻有緣。焚香老山寺，乞食向江船。是水部。紗碧籠名畫，燈寒照淨禪。我來能永日，蓮漏滴寒泉。

江行①

地闊分吴塞，楓高映楚天。曲塘春盡雨，方響夜深船。寫景妙矣。當思其中之情，乃得其中之味②。行紀添新夢，羇愁甚往年。何時京洛路，馬上見人煙。

〇余每諷此，其味數日不能去懷，其音數日不能去耳。按，方響以鐵爲之。修八寸③，廣二寸，圓上方下，架如磬而不設業。宇文周時方響一架十六枚，梁曰銅磬，蓋仿古編磬之制而爲者。今之雲鑼變方爲圓，共九枚，上一枚虚設不用，而以八枚盡十六枚之妙，或即其遺意云。

【校】

①《全唐詩》題作「江行二首」。

②乃，咸豐本作「方」。

③《全唐詩》詩中注引《舊唐書》云「長九寸」。

贈步寄李員外

危橋轉溪路，經雨石叢荒。幽瀑下仙果，此「仙」字卻不亂下。孤巢懸夕陽。病辭青瑣秘，心在紫芝房。更喜諧招隱，詩家有望郎。

塞上

萬里隋城在，三邊虜氣衰。沙填孤障角，燒斷故關碑。寫邊色如見。馬色經寒慘，鵰聲帶晚悲。將軍正閒暇，留客換歌辭。

僧舍貽友

笑破人間事，吾徒莫自欺。解吟僧亦俗，愛舞鶴終卑。不解吟更清，不愛舞更高。此翻奇語，不必深泥。竹上題幽夢，溪邊約敵棋。言隨興耳。舊山歸有阻，不是故遲遲。

華下送文浦河北亂，圖寓華陰。

郊居謝名利，何事最相親。漸與論詩久，皆知得句新。川明虹照雨，新。樹密鳥銜人。新。發難顯之景如在目前，然從前人未經道得即所謂新也，不必盧仝《月蝕》、李賀《夢天》。應念從今去，還來嶽下頻。

姚合

姚合，陝州硤石人，宰相崇曾孫。登元和進士第，授武功主簿，調富平、萬年尉。寶曆中監察御史、户部員外郎，出爲杭州刺史。後爲給事中、陝虢觀察使。開成末，終秘書監。與馬戴、費冠卿、殷堯藩、張籍遊，李頻師之。合詩名重於時，人稱姚武功云。

懷民按，武功詩集古今體存遺甚多，其五言律樸茂新奇，酷似王仲初。仲初故與水部合體，而姚君與水部爲友，其得於漸摩者深矣！佳篇美不勝收，然無逾《縣居》詩者，且君以武功得名，未必不由此詩起也。次爲升堂第四。

縣居詩三十首①

縣去京都遠②，爲官與隱齊。馬隨山鹿放，雞雜野禽棲。連舍惟藤架③，侵階是藥畦。更師嵇叔夜，不擬作詩題④。領三十首。

○此等隨興之什，初無先後倫次，但於起首、結首略加鉤勒而已。

【校】

①《全唐詩》題作「武功縣中作三十首」。

②京都，《全唐詩》作「帝城」。

③連，《全唐詩》作「遶」。

④詩，《全唐詩》作「書」。

二

方拙天然性，「方拙」二字是骨。爲官世事疏①。惟尋向山路，不寄入城書。此城當指都城也。因病多收藥，緣溪學釣魚②。養身成好事，此外更空虚。

【校】

①世，《全唐詩》作「是」。

②溪，《全唐詩》作「餐」。

三

微官如馬足，衹是在泥塵。到處貧隨我，終年老趁人。絶肖王丞。簿書銷眼力，杯酒耗心神。早作歸休計，深居養此身。

四

簿書多不會，薄俸亦難銷。諧。醉卧慵開眼，閒行懶繫腰。覺得陶公多了一折。移花兼蝶至，買石得雲饒。且自心中樂，從他笑寂寥。仲初云：「從他不往還。」

五

曉鐘驚睡覺，世事便相關①。小市柴薪貴，貧家砧杵閒。聲吻全是王丞，乃真似《原上》十三首也。讀書多旋忘，賒酒數空還。長羨劉伶輩，高眠出世間。

【校】

① 世，《全唐詩》作「事」。

六

性疏常愛卧，親故笑悠悠。縱出多攜枕，因衙始裹頭。上山方覺老，過寺暫忘愁。三考千餘日，低腰不擬休。

七

客至皆相笑，詩書滿卧牀。愛閒求病假，因醉棄官方。鬢髮寒唯短，衣衫瘦漸長。「長」字最工妙，中有理致。瘦宜寬似不宜長，然「長」字實妙。自嫌多檢束，不似舊來狂。

八

一日看除目，終年損道心。山宜銜雪上，詩好帶風吟。野客嫌知印，家人笑買琴。只都隨分過①，已是錯彌深。

【校】

① 都，《全唐詩》作「應」。

九

鄰里皆相愛，門開數見過。秋涼送客遠，夜靜詠詩多。就架題書目，尋欄記藥窠。到官無別事，種得滿庭莎。

十

窮達天應與，人間事莫論。微官長似客，遠縣豈勝村。竟日多無食，連宵不閉門。齋心調筆硯，唯寫五千言。

十一

縣僻仍牢落，遊人到便迴。妙。宋人云：「未嘗一飯能留客。」便説破矣。路當邊地去，村入郭門來。

酒户愁偏長，詩情病不開。可曾衙活字。小吏，恐爲踏青苔①。高絶。即倪雲林「不使踐壞青苔」意。

【校】

①爲，《全唐詩》作「謂」。

十二

自下青山路，三年著緑衣。官卑食肉僭，才短事人非。諧中見傲骨。野客教長醉，高僧勸早歸。不知何計是，免與本心違。

十三

日出方能起①，庭前看種莎。吏來山鳥散，酒熟野人過。名句。岐路荒城少，煙霞遠岫多。同官更相引②，下馬上西坡。

【校】

①日，《全唐詩》作「月」。

②更，《全唐詩》作「數」。

十四

作吏荒城裏，窮愁欲不勝。病多唯識藥，年老漸親僧。名句。此自與仲初近，與樂天殊。夢覺空堂月，詩成滿硯冰。苦搜可想。故人多得路，寂寞不相稱。

十五

誰念東山客，棲棲守印牀。何年得事盡，終日逐人忙。醉卧誰知叫，閒書不著行。此等過真樸，須善學。人間尚檢束①，與此豈相當。

【校】

①尚，《全唐詩》作「長」。

十六

朝朝眉不展，多病怕逢迎。引水遠通澗，壘山高過城。秋燈照樹色，寒雨落池聲。好是吟詩夜，披衣坐到明。後世詩人只解睡覺耳。

十七

簿籍誰能問，風寒趁早眠。每旬常乞假，隔月探支錢。還往嫌詩僻，親情怪酒顛。謀身須上計，終久是歸田。

十八

閉門風雨裏，落葉與階齊。野客嫌杯小，山翁喜枕低。愈質愈妙，然須善學。聽琴知道力①，尋藥得詩題。誰更能騎馬，閒行柢杖藜。

【校】

①力，《全唐詩》作「性」。

十九

腥羶都不食，稍稍覺神清。夜犬因風吠，鄰雞帶雨鳴。對不過。守官常臥病，學道別稱名。少有洞中路①，誰能引我行。

【校】

①少，《全唐詩》作「小」。

二十

宦名渾不計，酒熟且開封。晴月銷燈色，寒天挫筆鋒。驚禽時並起，閒客數相逢。舊國蕭條思，青山隔幾重。

二十一

假日多無事，誰知我獨忙。偏是如此説。移山入縣宅，種竹上城牆。忙得妙。驚蝶遺花蕊，遊蜂帶蜜香。唯愁明早出，端坐吏人旁。諧，妙。然須觀其内象方可學。

二十二

門外青山路，因循自不歸。養閒宜縣僻①，説品喜官微。諸處見傲。淨愛山僧飯，閒披野客衣。惟憐幽谷鳥②，不解入城飛。妙在不解。

【校】

①閒，《全唐詩》作「生」。

②惟，《全唐詩》作「誰」。

二十三

一官無限日，愁悶欲何如。掃舍驚巢燕，尋方落壁魚。此謂匠物。從僧乞淨水，憑客報閒書。白髮誰能鑷①，年來四十餘。

【校】

①鑷，咸豐本作「攝」。

二十四

朝朝門不閉，長似在山時。賓客抽書讀，兒童斫竹騎。久貧還易老，到家語。多病賴能醫①。道友應相怪，休官日已遲。

【校】

①賴,《全唐詩》作「懶」。

二十五

戚戚常無思,循資格上官。閒人得事晚,常骨覓仙難。醉卧疑身病,貧居覺道寬。新詩久不寫,自算少人看。古之詩人必到少人看其詩始高,安得使時流人人悦之?

二十六

漫作容身計,今知拙有餘。青衫迎驛使,白髮憶山居。道友憐蔬食,吏人嫌草書。諧,妙。須爲長久計①,歸去自耕鋤。

【校】

①計,《全唐詩》作「事」。

二十七

主印三年坐,山居百事休。焚香開敕庫,踏月上城樓。飲酒多成病,吟詩易長愁。慇懃問漁者,暫借手中鉤。

二十八

長憶青山下,深居遂性情。壘階溪石淨,燒竹竈煙輕。點筆圖雲勢,彈琴學鳥聲。今朝知縣印，夢裏百憂生。

二十九

自知狂僻性，吏事固相疏。祇是看山立，無因出縣居①。印朱霑墨硯，户籍雜經書。月俸尋常請，無妨乏斗儲。

【校】

① 因，《全唐詩》作「嫌」。

三十

作吏無能事，爲文舊致功。詩標八病外，真堪自負。心樂百憂中①。非真詩人不能體會如此。拜別登朝客，歸依鍊藥翁。不知還往内，誰與此心同。以此縮結，即三十首之章法也。

〇此等體與水部《秋居》、司馬《原上》詩一例，隨景觸興，無倫次，無章法，而自有天然妙趣。後世不知，則以爲破體矣。三十首中皆於諧處見胸次骨格，所以見重處正在此耳。

【校】

① 樂，《全唐詩》作「落」。

趙嘏

嘏字承祐，山陽人。會昌二年登進士第，大中間仕至渭南尉，卒。有《渭南集》三卷。杜牧嘗愛嘏「長笛一聲人倚樓」之句，吟嘆不已。人因目爲趙倚樓。

懷民按，承祐詩七言最多，七律八十餘篇，獨五律寥寥。雖性有偏好，亦散佚耳。昔人稱其詩贍美多興味，余謂五言風格尤絶近水部，斷爲及門一人。

越中寺居寄上元主人①

遲客疏林下，斜溪小艇通。野橋連寺月，高竹半樓風。水静魚吹浪，枝閒鳥下空。數峰相向緑，日夕郡城東。

【校】

①《全唐詩》題作「越中寺居」。

曉發

旅行宜蚤發，況復是南歸。月影緣山盡，鐘聲隔浦微。殘星螢共映①，落葉鳥驚飛②。去去渡南渚，村深人出稀。

【校】

① 殘星，《全唐詩》作「星殘」。

② 落葉，《全唐詩》作「葉落」。

洛中逢盧郢石歸覲

不堪俱失意，相送出東周。緣切倚門戀，倍添爲客愁。情味確是水部。春山和雪霽①，寒水帶冰流。別後期君處，靈源紫閣秋。

○情遥韻永，非學水部何以有此？

【校】

① 霽，《全唐詩》作「静」。

贈越客

故國波濤隔，明時心久留。獻書雙闕晚，看月五陵秋。南棹何當返，長江憶共遊。定知釣魚伴，相望在汀州。

風蟬

風蟬旦夕鳴，秋葉送新聲①。故里客歸盡，水邊身獨行。此等似賈卻是張。噪軒高樹合，驚枕暮山横。聽處無人見，塵埃滿甑生。

○聲韻絶肖水部《思遠人》一首。

【校】

①秋葉，《全唐詩》作「伴夜」。新，《全唐詩》作「秋」。

贈僧

心法本無住，流沙歸復來。錫隨山鳥動，經附海船回。洗足柳遮寺，坐禪花委苔。惟將一童子，又欲上天台。

東歸道中二首選其二

未明喚童僕①，江上憶殘春。須看其發端處含毫邈然，乃絶得水部神韻。風雨落花夜，山川驅馬人。莫看作常語，能具味外味，正是水部派也。星星一鏡髮，草草百年身。此日念前事，滄洲情更親。

【校】

①童，《全唐詩》作「僮」。

江邊

終日勞車馬，江邊款竹扉。殘花春浪闊，小酒故人稀。戍鼓客帆遠，津雲夕照微。何由兄與弟，俱及暮春歸。真語不病其淺。

虎丘寺贈魚處士

蘭若雲深處，前年客重過。巖空秋色動，水闊夕陽多。鍊法從水部出，許用晦輩並是一路。早負江湖志，今如鬢髮何。唯君閒勝我，釣艇在煙波。

○氣味絶佳，令人不能捨去。

送韋處士歸省朔方

映柳見行色，興。故山當落暉。青雲知已没①，白首一身歸。蕭然。滿袖蕭關雨，連沙塞雁飛。到家翻有喜，借取老萊衣。

【校】

① 青，咸豐本作「浮」。已没，《全唐詩》作「已殁」。

顧非熊

顧非熊，况之子。性滑稽，好凌轢。困舉場三十年。穆宗長慶中登進士第，累佐使府，大中間爲盱眙尉。慕父風，棄官隱茅山。况海鹽人，肅宗至德進士，以校書徵還著作郎。性好詼諧，坐詩語調謔，貶饒州司户參軍，卒隱茅山。

懷民按，非熊詩體不備，不及乃父廣博，然其五言近體易樸茂爲清永，似勝逋翁。或自更有宗承，不盡家學也。以詩體列之水部門下。

秋日陝州道中作

孤客秋風裏，驅車入陝西。關河午時路，村落一聲雞。此等句能匠千古之情，勿以淺而易之。樹勢標秦遠，天形到岳低。偏説低，妙。誰知我名姓，來往自栖栖。

經杭州

郡郭邊江濆，人家近白雲。晚濤臨檻看，即錢塘潮也。夜艣隔城聞。浦轉山初盡，即靈隱、龍井南北諸峰。虹斜雨未分。有誰知我意，心緒逐鷗群。○後人必謂此景隨處有之，何足以切杭州。

題覺真上人①

長安車馬地，此院閉松聲。新罷九天講，舊曾諸岳行。如此對正是格也。能詩因作偈，好客豈闕名。約我中秋夜，同來看月明。

【校】

①《全唐詩》題作「題覺真上人院」。

舒州酬别侍御此必有姓而失之。

故交他郡見，下馬失愁容。執手向殘日，分襟在晚鐘。鄉心隨皖水，客路過廬峰。司空表聖所謂「不著一字」正當於此等領取。衆惜君材器，何爲滯所從。

姚巖寺路懷友

路向姚巖寺，口角純是。多行洞壑間。鶴聲兼野静①，溪色帶村閒。「帶」字好，「兼」字尤不易下。

疏葉秋前渚，斜陽雨外山。幾層。憐君不得見，詩思最相關。

【校】

① 兼野，《全唐詩》作「連塢」。

夏日會修行段將軍宅

愛君書院静，莎覆蘚階濃。連穗古藤暗，匠。領雛幽鳥重。匠。罇前迎遠客，林杪見晴峰。此句與右丞「碧峰出山後」、鄭谷「木落見他山」參看，亦不分高下。誰謂朱門内，照顧「將軍」，止此一點。雲山滿座逢。

送喻鳬春歸江南

去年登第客，今日及春歸。三字寫出榮華。鶯影離秦馬，蓮香入楚衣。里閭爭慶賀，親戚共光輝。極意寫，不嫌其繁熱者，正反映結句之冷落也。唯我門前浦，苔應滿釣磯。深情，真覺無盡。

○深情故須曲筆。

寄九華山費拾遺

先生九華隱，鳥道隔塵埃。石室和雲住，山田引燒開。妙。久聞仙客降，高卧詔書來。一入深林去，人間更不回。

天津橋晚望

晴登洛橋望，寒色古槐稀。真水部。流水東不息，翠華西未歸。雲收中岳近，鐘出後宫微。回首禁門路，群鴉度晚暉①。

○此蓋德宗西幸之時，故登橋而傷感，亦老杜曲江之意。

【校】

① 晚，《全唐詩》作「落」。

月夜登王屋仙壇

月臨峰頂壇，氣爽覺天寬。身去銀河近，衣霑玉露寒。此等詩一學便須能之，蓋下此便無格矣。雲中日已赤，陸務觀句「赤日行天午」與此皆借「赤」字得成奇妙。若改「赤日」爲「白日」①，曰「已赤」爲「日已出」，便索然矣。山外夜初殘。即「海日生殘夜」意，説來特妙。即此是仙境，惟愁再上難。

【校】

① 改，咸豐本作「收」。

下第後送友人不及

失意經寒食，先已難堪。情偏感別離。如此叙。來逢人已去，坐見柳空垂。學唐人須是於似無可著眼處著眼，似無可涉想處涉想，似無可著筆處著筆。細雨飛黄鳥，新蒲長緑池。此等接落亦非後人所知。自傾相送酒，終不展愁眉。真覺情無盡也。

○此等筆格，不讀水部無從下手，並無從著眼。噫，水部尚難著眼，何況學水部者？

題馬儒乂石門山居

尋君石門隱，山近漸無青。刻意。鹿迹入柴户，樹身穿草亭。「身」字對得拙而巧。雲低收藥徑，苔惹取泉瓶。「惹」字客氣。此地客難到，夜琴誰共聽。

夏夜漢渚歸舟即事

扁舟江瀨盡，歸路海山青。巨浸分鍊。圓象，危檣入鍊。衆星。能狀難寫之景，然須細心看，稍粗便失之。雨遥明電影，蜃曉識樓形。不是長遊客，那知造化靈。

酬均州鄭使君見送歸茅山

餞行詩意厚，惜别獨筵重。解纜城邊柳，還舟海上峰。飲猿當瀨見，浴鳥帶槎逢。吏隱應難逐，爲霖是蟄龍。語帶嘲詠。此等卻開宋派。

○性慕高隱，宜其詩之超也。以三十年困頓，一舉而遂去之，足見其高。

闕試後嘉會里聞蟬感懷呈主司

昔聞驚節換，常抱異鄉愁。幾年失意之感，一時觸起。今聽當名遂，方歡上國遊。吟纔依樹午，風已報庭秋。有遲暮意。併覺聲聲好，懷恩忽淚流。痛定思痛。老杜聞官軍平賊而曰「初聞涕淚滿衣裳」，此喜登第而曰「懷恩忽淚流」，皆同一情真。

落第後贈同居友人

有情天地内，多感是詩人。見月長憐夜，看花又惜春。四句是一部全唐詩訣。愁爲終日客，閒過少年身。寂寞正相對，笙歌滿四鄰。

冬日寄蔡先輩校書京

弱冠下茅嶺，當時從父原居此也。中年道不行。不過求一第耳，卻説道不行，可知唐人志趣之高。舊交因貴絶，新月對愁生。旅思風飄葉，歸心雁過城。惟君知我苦，何異爨桐鳴。

寄紫閣無名新羅頭陀僧

棳牀已自擎①，野宿更何營。大海誰同過，空山虎共行。身心相外盡，鬢髮定中生。紫閣人來禮，無名便是名。滑俗，最不宜學，開宋人惡派。

【校】

① 擎，《全唐詩》作「檠」。

送于中丞入回鶻

風沙萬里行，邊色看雙旌。真水部。去展中華禮，將安外國情。真樸，全是水部。朝衣驚異俗，牙帳見新正。料得歸來路，春深草未生。

送造微上人歸淮南覲兄

到家方坐夏，柳巷對兄禪。押「禪」字是賈師法，其格味卻全是水部。雨斷蕪城路，虹分建鄴天。赴齋隨野鶴，迎水上漁船。純是。終擬歸何處，三湘思渺然①。

【校】

① 思，咸豐本作「望」。

任翻

翻一作蕃，唐末人，字與爵里俱無考。存詩十八首。

懷民按，張泊稱翻爲水部門人，所爲詩當不止此，惜已無考。姑就所存者抄八篇，以延水部之緒。其用筆頗生峭，微近閬仙，然細味其風韻，自是水部一派。

春晴

楚國多春雨，柴門喜晚晴。幽人臨水坐，好鳥隔花鳴。野色臨空闊，江流接海平。門前到溪路，今夜月分明。

秋晚郊居

遠聲霜後樹，秋色水邊村。野逕無來客，寒風自動門。海山藏日影，江月落潮痕。惆悵高飛晚，年年别故園。

秋晚途次

秋色滿行路，此時心不閒。孤貧遊上國，少壯有衰顏。感深語切。衆鳥已歸樹，旅人猶過山。此等風味皆水部也。蕭條遠村外①，風急水潺潺。

【校】

① 村，《全唐詩》作「林」。

葛仙井

古井碧沉沉，分明見百尋。味甘傳邑内，脈冷應山心。圓入月輪淨，直涵峰影深。匠得真妙。自從仙去後，汲引到如今。看他於葛仙處止一句點，若在後人不知臚衍多少矣。

冬暮野寺

江東寒近臘，著此句妙。野寺水天昏。寫出荒寒曠渺、羈寂無聊之況。無酒可銷夜，隨僧早閉門。此猶不難，難在起句，發難顯即留餘味也，純得張師口訣。照牆燈影短，著瓦雪聲繁。飄泊仍千里，清吟欲斷魂。可惜一結，以輕入時。

贈濟禪師

碧峰秋寺内，禪客已無情。半頂髮根白，一生心地清。似王司馬，又似賈長江。竹房侵月靜，石徑到門平。山下塵囂路，終年誓不行。

長安冬夜書事

憂來常不寐，往事重思量。清渭幾年客，故衣今夜霜。天然水部。春風誰識面，水國但牽腸。十二門車馬，昏明各自忙。

越江漁父

借問釣魚者，持竿多少年。眼明汀島畔，頭白子孫前。櫂入花時浪，燈留雨夜船。越江深見底，誰識此心堅。

劉得仁

得仁，貴主之子，長慶中即以詩名。自開成至大中三朝，昆弟皆歷貴仕，而得仁出入舉場三十年，卒無成。詩集一卷。

懷民按，得仁詩亦水部派也。前輩見其愁苦呻吟，擬之賈氏，其實唐末淒厲之音大半相似，要自各有宗承，不相混。獨惜得仁三十年苦功，齎志以歿，後世並亦無能知者。引爲司業門人，或有傳焉。

題王處士山居

茅堂入谷遠，林暗絶其鄰。學究氣。終日有流水，經年無到人。自佳。溪雲常欲雨，山洞別開春。自得仙家術，栽松獨養真。

○淺淺亦妙。

昊天觀新栽竹

清風枝葉上，山鳥已棲來。興。根別古溝岸，影生秋觀苔。冷，淨。偏思諸草木，惟此出塵埃。恨爲移居晚①，空庭更擬栽。

【校】

①居，《全唐詩》作「君」。

秋夜喜友人宿

莫説春闈事，清宵且共吟。頻年遺我輩，何日值公心①。直説乃契古義。逼曙天傾斗，匠。將寒葉墜林。匠。無爲簪紱意②，從古貴知音③。結意。

【校】

①值公心，《全唐詩》作「遇知音」。

②爲，《全唐詩》作「將」。

③從古貴知音，《全唐詩》作「祗損壯夫心」。

送蔡京東歸迎侍

高堂惟兩別，此別是榮歸。熟滑，便易入宋人惡派。薄俸迎親遠，平時知己稀。鄆郊秋木見，魯寺夜鐘微。莫輕覷此等閒句。近臘西來日，多逢霰雪飛。似無可説處，正水部家法。

○純淡中看水部本色。

秋夕即事

永夕坐暝久，蕭蕭猿狖啼。漏微砧韻隔，月落斗杓低。危葉無風墜，匠。幽禽並樹棲。匠。自憐在岐路，不醉亦沉迷。

送越客歸

霜薄東南地，江楓落未齊。衆山離楚上，孤棹宿吴西。渚客留僧語，籠猿失子啼。到家冬即是，拙。荷盡若耶溪。

送蔡京侍御赴大梁幕

同城各多故，會面亦稀疏。及道須相別，臨岐恨有餘。淡極，淺極，情濃極，味深極。此水部勝處。梁園飛楚鳥，汴水走淮魚。衆説裁軍檄，陳琳遠不如。

送僧歸玉泉寺

玉泉歸故剎，便老是僧期。亂木孤蟬後，寒山絶鳥時。若尋流水去，轉出白雲遲。見説千峰路，溪深頂復危①。

【校】

① 頂復，《全唐詩》作「復頂」。

宿宣義池亭

暮色遶柯亭，南山幽竹青。夜深斜舫月，風定一池星。「一池星」不異，妙在「定」字。島嶼無人跡，菰蒲有鶴翎。此中足吟眺，何用泛滄溟。

冬日題邵公院①

無事門多掩，陰階竹掃苔。勁風吹雪聚，渴鳥啄冰開。此等莫作賈師派，卻與賈近。樹向寒山得，人從瀑布來。終期天目老，擎錫逐雲回。

【校】

①《全唐詩》題作「題邵公禪院」。

聽夜泉

靜裏層層石，潺湲到鶴林。流洄出幾洞，源遠歷千岑。寒助空山月，清兼此夜心。全用狠力結撰。「助」字奇，「兼」字更奇。幽人聽達曙，相和蘚牀吟。

○合諸水部《夜泉》詩，便有菩薩低眉、金剛努目之别，此正善於變相。不然，樹下種樹，斷難高出矣。

夏日感懷寄所知

了了見岐路，欲行難負心。岐路即邪路，言不可枉道。趨時不圓轉，自古易湮沉。孔、孟同一喟。日正林方合，蜩鳴夏已深。二句合寫。中郎今遠在，誰識爨桐音。

○放翁詩氣骨真當勉，唐詩人氣骨須著眼。看取如此等是。

陳情上知己

性與才俱拙，名場迹甚微。久居顏亦厚，獨立事多非。定力、卓志於此等處求之。刻骨搜新句，無人憫白衣。明時自堪戀，不是不知機。鬱沉頓挫，此之謂卓，此之謂定。

○得仁所求不過一第耳，然説來如此嶄然，便與聖賢用世之心一般切摯，可知其志趣本自不同，所慕者非浮世之榮也。老杜説「儒冠多誤身」，老韓《悲二鳥》多少淒淒嗟嗟，然已得拾遺，反生曲江之感喟，才擢侍郎，便甘潮陽之謫還，則其向日之嘆老嗟卑者，豈俗人所得知哉！

寄謝觀

十五年餘苦，今朝始遇君。無慚於白日，言其知我也。不枉别孤雲。言不虛來也。得仁貴戚，非寒素也，何以言别孤雲？得失天難問，稱揚鬼亦聞。二十字中有滿襟血淚。此恩銷鏤骨，通首之旨。吟坐葉紛紛。

○得一知己，可以不恨。此詩可與朱慶餘《上張水部》詩同看。

送友人下第歸覲

君此卜行日，高堂應夢歸。慘悽。莫將和氏淚，滴著老萊衣。何嘗不用事？嶽雨連河細，田禽出麥飛。到家調膳後，吟苦送斜暉①。

【校】

① 送斜，《全唐詩》作「落蟬」。

長信宫

簟涼秋氣初，長信恨何如。拂黛月生指，解鬟雲滿梳。初學從此等入手，免落佻滑。一從悲畫扇，幾度泣前魚。此便熟，熟便易入佻滑。坐聽南宫樂，清風摇翠裾。

春日雨後作

朝來微有雨，天地爽無塵。北闕明如畫①，南山碧動人。寄託不即不離。車輿終日別，草樹一城新。枉是吾君戚，何門謁紫宸。直説，更不婉轉，所以能合古誼。知此可與讀二雅、楚騷矣。

【校】

①畫，《全唐詩》作「晝」。

鄭巢

巢，不知何時人，亡其字，爵里並無考。詩多與姚郎中酬答，或與姚合同時。懷民按，鄭巢詩以淺易近水部，或即水部之徒也。附之及門，以便初學。

瀑布寺貞上人院

林疏多暮蟬，師去宿山煙。古壁燈熏畫，秋琴雨潤弦。純是水部《和秋居》氣味。竹間窺遠鶴，巖上取寒泉。西嶽沙房在，歸期更幾年。

送姚郎中罷郡遊越

逍遥方罷郡，高興接東甌。幾處行杉逕，何時宿石樓。湘聲穿古竇，華影在空舟。華山也。惆悵雲門路，無因得從遊。

送魏校書赴夏口從事

西風吹晚蟬①，驛路在雲邊。獨夢諸山外，高談大旆前。夜燈分楚塞，秋角滿湘船。郡邑多巖竇，何妨便學仙②。

【校】

① 晚，《全唐詩》作「遠」。

② 妨，《全唐詩》作「方」。

送邊使

關河度幾重，邊色上離容。灞水方爲别，沙場又入冬。曙鵰迴大旆，夕雪没前峰。畫不出。漢使多長策，須令遠國從。

送人赴舉

篇章動玉京，「赴舉」止五字。墜葉滿前程。舊國與僧别，秋江罷釣行。此等學水部卻高。馬過隋代寺，檣出楚山城。應近嵩陽宿，潛聞瀑布聲。

○後世作此題，不知多少擢桂鳴鹿泛話，又或多作勉戒興旺語，衹成俗氣。選此隅反。

送李式

瀟湘路杳然，清興起秋前。去寺多隨磬，看山半在船。不如「箏聲多在船」。緑雲天外鶴，紅樹雨中蟬。莫使游華頂，逍遥更過年。

送韋弇

挂席曙鐘初①，家山半在吴。艣聲過遠寺，江色潤秋蕪。陂鶴巢城木，邊鴻宿岸蘆。知君當永夜，獨釣五湖隅。

【校】

①鐘，《全唐詩》作「鍾」。

送省空上人歸南嶽

又歸衡嶽寺，舊院樹冥冥。後人再不於此著想。坐石縫寒衲，尋龕補壞經。極常，極高。嶠雲籠曙磬，潭草落秋萍。細。誰伴高窗宿，禪衣挂桂馨。結湊。

送琇上人

古殿焚香外，清羸坐石稜。茶煙開瓦雪，鶴跡上潭冰。此等近賈、喻。孤磬侵雲動，靈山隔水登。白雲歸意遠，舊寺在廬陵。

贈丘先生①

雲泉心不爽，三字下得妙。垂目坐柴關②。硯取簷前雨，「簷前」二字或應倒轉。圖開異國山。看他對法，便知格也。原僧招過宿，沙鳥伴長閒。地與中峰近，殘陽獨不還。

○了不異人，絶不猶人，此唐人高處。

【校】

① 丘，咸豐本作「印」。

② 目，《全唐詩》作「日」。

秋思

寒蛩鳴不定，郭外水雲幽。南浦雁來日，北窗人卧秋。後人學此祇成率句。病身多在遠，生計少於愁。計較得妙。轉覺孟東野「家具少於車」猶常而著跡也。薄暮西風急，清碪響未休。

楚城秋夕

故苑多愁夕，西風木葉黄。寒江浸霧月，曉角滿城霜。弟姪來書少，關河去路長。幾時停桂檝，故國隔瀟湘。

秋日陪姚郎中登郡中南亭

雲水生寒色，高亭發遠心。雁來疏角韻，槐落減秋陰。隔石嘗茶坐，當山抱瑟吟。退之詩中亦有「孺人鳴瑟」句，必是當時尚有能彈之者。誰知瀟灑意，不似有朝簪。

○錚錚細響，卻自正道。學者勿嫌之。

宿天竺寺

暮過潭上寺，獨宿白雲間。鐘磬遥連樹，星河半隔山。如畫，畫不出。石中泉暗落，松外户初關。卻憶終南裏，前秋此夕還。

陳氏園林

當門三四峰，高興幾人同。尋鶴新泉外，留僧古木中。絶高處在「尋」字「留」字。蟬鳴槐葉雨，魚散芰荷風。多喜陪幽賞，清吟繞石叢。

題崔中丞北齋

湖近草侵庭，秋來道興生。寒潮添井味，遠漏帶松聲。放卷聽泉坐，畫。尋僧踏雪行。畫。何午各無事，高論宿青城。吴、倪、黄、王畫筆多與詩相通，所以異於俗工。

〇向水部《和秋居》十首討其韻味所自。

李咸用

咸用，與來鵬同時，蓋咸通後人也。嘗應辟爲推官。有《披沙集》。

懷民按，咸用字與里皆不可考，生逢亂世，凄厲多而和平少，其詩各體俱備，五言近體獨效張氏，蓋亦及門之矯矯者。

自愧

多負懸弧禮，危時隱薜蘿。有心明俎豆，無力執干戈。慨然。張、王何嘗作此語？然此從張、王來。

壯士難移節，貞松不改柯。纓塵徒自滿，欲濯待清波。

秋夕

寥廓秋雲薄，空庭月影微。樹寒棲鳥密，砌冷夜蛩稀。凄厲之音。曉鼓軍容肅，疏鐘客夢歸。

吟餘何所憶，聖主尚宵衣。生逢播亂，故所感在君王，與杜陵一般真性，不比尋常頌語。

寄楚瓊上人

遥知無事日，静對五峰秋。不似起調，學者忌此。鳥隔寒煙語，泉和夕照流。凭欄疏磬盡，瞑目遠雲收。與「雲生閉目中」又别。幾句出人意，風高白雪浮。率。

秋興

木葉亂飛盡，興。故人猶未還。心雖遊紫闕，時合在青山。感。意極真極遠。近寺僧鄰静，臨池鶴對閒。真是可羨。兵戈如未息，名位莫相關。

○氣味純襲水部。

山居

草堂書一架，苔徑竹千竿。都率意。難世投誰是，清貧且自安。前四都不免滑熟氣。鄰居皆學稼，客至亦無官。新而樸，正似仲初。焦尾何人聽，涼宵對月彈。又率。

送從兄坤載

忍淚不敢下，恐兄情更傷。别離當亂世，骨肉在他鄉。情至味至，所以爲水部派。語盡意不盡，路長愁更長。滑率易入時，最所當戒。那堪回首處，殘照滿衣裳。

贈任肅

玄髮難姑息，青雲有路岐。莫言多事日，虚擲少年時。松色雪中出，人情難後知。二語格。聖朝公道在，中鵠勿差池。

贈來鵬

默坐非闗閟，凝情衹在詩。庭閒花落後，山静月明時。答客言多簡，尋僧步稍遲。既同和氏璧，終有玉人知。

聞泉

漸漸夢初驚①，幽窗枕簟清。更無人共聽，衹有月空明。急想穿巖曲，低應過石平。五字妙想。此雖亦用力，然近水部處多，與劉得仁又別。欲將琴强寫，不是自然聲。落晚唐格調。

【校】

① 漸漸，《全唐詩》作「淅淅」。

九江和人贈陳生

天畀斯文墜，憑君助素風。意深皆可補，句逸不因功。暮替雲愁遠，「替」字妙。秋驚月占空。「驚」字妙。寄家當瀑布，時得笑言同。

○陸放翁曰：「天孫雲錦用在我，剪裁妙處非刀尺。」自謂有悟，不知前人已發揮在此。三四口訣可意會不可言傳，然此言已傳矣。

友生攜修睦上人詩見訪

雪中敲竹户，袖出岳僧詩。語盡景皆活，吟闌角獨悲①。意如將俗背，業必少人知。斬斷直截語，須是高識，須是定力。共約冰銷日，雲邊訪所思。

【校】

① 悲，《全唐詩》作「吹」。

冬夜與修睦上人宿遠公亭寄南嶽玄泰禪師

丈室掩孤燈，更深霰雹增。相看雲夢客，共憶祝融僧。叙處便見品格。語合茶忘味，吟皷卷有稜。涉尖。恐入後來鍾、譚一派。楚南山水秀，行止豈無憑。亦似少意。

訪友人不遇

出門無至友，動即到君家。空掩一庭竹，去看何寺花。宛然高致。短僮應捧杖，虛。稚女學擎茶。實。吟罷留題處，苔階日影斜。

章孝標

孝標，桐廬人，登元和十四年進士第。除秘書省正字。太和中試大理評事。懷民按，孝標父子俱以詩名，張洎稱孝標爲水部門人，水部名盛於元和中，孝標元和進士，必應親受水部律格。今檢其集，諸體凌雜，多他家竄入。聊抄數篇，以見其概①，仍多率句，恐非廬山真面目也。

【校】

① 概，咸豐本作「慨」。

贈茅山高拾遺蔓

人皆貪祿利，此等最忌。白首更營營。若見無爲理，兼忘不朽名。幽禽窺飯下，好藥入籬生。夢覺幽泉滴，應疑禁漏聲。

送無相禪師入關

九衢車馬塵，不染了空人。暫舍中峰雪，應看内殿春。齋心無外事，定力見前身。分明從賈生句翻出。聖主方崇教，深宜謁紫宸。

贈匡山道者

嘗聞一粒功，足以反衰容。方寸如不達，此生安可逢。寄書時態盡，憶語道情濃。爭得攜巾屨，同歸鳥外峰。

歸海上舊居

鄉路繞蒹葭，縈紆出海涯。人衣披蜃氣，馬跡印鹽花。草没題詩石，潮摧坐釣槎。還歸舊窗裏，凝思向餘霞。

答友人惠牙簪

牙簪不可忘，率。來處隔炎荒。截得半環月，磨成四寸霜。太涉尖。曉辭梳齒膩，秋入髮根涼。好是紗巾下，纖纖錐出囊。○讀此詩想見水部風格矣。

田家①

田家無五行，水旱卜蛙聲。古味，純是張、王。牛犢乘春放，兒童候暖耕。池塘煙未起，桑柘雨初晴。歲晚香醪熟，村村自送迎。

【校】

①《全唐詩》題作「長安秋夜」。

破山水屏風

時人嫌古畫，倚壁不曾收。正與乃師《古釵嘆》同感。雨滴膠山斷，風吹絹海秋。此等近俗，不可學。殘雲飛屋裏，片水落牀頭。頗有語妙。尚勝凡花鳥，君能補綴休。

和顧校書新開井

霜鍤破桐陰，青絲試淺深。月輪開地脈，鏡面寫天心。此等近試律，然是唐人試律。碧甃花千片，香泉乳百尋。欲知爭汲引，聽取轆轤音。

崔塗

塗字禮山，江南人。光啓四年登進士第。詩一卷。

懷民按，禮山坊本但傳其《春夕》篇，所謂「蝴蝶夢中家萬里，杜鵑枝上月三更」也。按此殊未免俗氣，不如「併聞寒雨多因夜，不得鄉書又到秋」「正逢摇落仍須别，不待登臨已合悲」本色語，乃絶得張水部格韻。今檢其五言律，學水部尤切，但才短意近，不及朱慶餘、項斯諸君。要其律格所承，固張氏嫡派也。附及門後，以爲初學入手。

晚次修路僧

平盡不盡處①，即用慧淨禪師引佛語「以我不平，破汝不平。汝若能平，即我平矣」之説。尚嫌功未深。此等自落晚唐，然卻精健。應難將世路，便得稱師心。語淺感深。高鳥下殘照，白煙生遠林。晚。更聞清磬發，聊喜緩塵襟。次。後半是題中「晚次」二字。

○置題處皆不同後人。

【校】

① 不盡，《全唐詩》作「不平」。

夕次洛陽道中

秋風吹故城，城下獨吟行。此自是水部家法。高樹鳥已息，古原人尚耕。流年川暗度，往事月空明。不復嗟岐路①，馬前塵夜生。

○初學水部者宜從此入手。

【校】

① 嗟，《全唐詩》作「嘆」。

秋夕與友人話別

懷君非一夕，此夕倍堪悲。華髮猶漂泊，滄洲又別離。正從水部「獨遊無定計，此中還別離」等句翻出。冷禽棲不定，三字匠得「冷」字。衰葉墮無時。三字匠得「衰」字。況值干戈隔，相逢未可期。

○極刻繪卻不費力，所以爲水部。

與友人同懷江南別業

因君話故國，此夕倍依依。舊業臨秋水，何人在釣磯。此等要於深味中觀其格，即得法門。浮名如縱得，滄海亦終歸。卻是風塵裏，「卻是」二字著跡。如何便息機。

苦吟

朝吟復暮吟，只此望知音。舉世輕孤立，何人念苦心。品與詣俱至。他鄉無舊識，落日羨歸禽。情真。況住寒江上，漁家似故林。

言懷

干時雖苦節，趨世且無機。干時必有苦節，趨世必是無機，孔、孟棲棲，亦是此義，不然則成患得患失之鄙夫矣。唐末士品要於此等求之。及覺知音少，翻疑所業非。竟用「吾道非歟？何爲至此」意而不覺其闊且侈者，有真骨氣在也。崔塗且然，則在塗之上者可知矣。青雲如不到，白首亦難歸。所以落言詮。滄江上，年年別釣磯。

秋夜僧舍聞猿

哀猿聽未休，禪景夜方幽。暫得同僧靜，那能免客愁。影摇雲外樹，聲褭月中秋。曾向巴江宿，當時淚亦流。純水部派。

南山旅舍與故人别

一日又將暮，一年看即殘。病知新事少，老别舊交難。情深，尤在理足。山盡路猶險，雨餘春卻寒。此等在水部集中不可勝賞，然在後人正不宜埋没。那堪更迴首①，烽火是長安。

○此詩在張門下可與項子遷伯仲。

【校】

① 更，《全唐詩》作「試」。

孤雁二首選一

幾行歸去盡，片影獨何之。起不作意而能得其分，正是水部。暮雨相呼失，寒塘獨下遲。渚雲低暗度，關月冷遥隨。未必逢矰繳，孤飛自可疑。一結真感深情，宛轉無極。

○何嘗有心自況？然寄託處妙甚顯然，唐詩所以高也。

寄青城山顥禪師

懷師不可攀，師住杳冥間①。林下誰聞法，塵中只見山。右丞《桃源行》「峽裏誰知有人事，世中遥望空雲山」，嘉州《太白胡僧歌》「山中有僧人不知，城裏看山空黛色」，此襲二家之意入律。終年人不到，盡日鳥空還。曾聽無生説，應憐獨未還。

【校】

①住，《全唐詩》作「往」。

牛渚夜泊

煙老客氣。石磯平，袁郎夜泛情。數吟人不遇，千古月空明。自是不敢望太白，然初學只宜如此。須知以此淺近學太白高渾。人事年年别，春潮日日生。無因逢謝尚，風物自淒清。

送友人歸江南

渚田芳草徧，共憶故山春。獨往滄洲暮，妙。相看白髮新。妙。定過林下寺，應見社中人。

只恐東歸後，難將鷗鳥親。

江上旅舍①

汀洲一夜泊，久客半連檣。盡説逢秋色，多同憶故鄉。極淡語極有味。孤岡生晚燒，獨樹隱回塘。欲問東歸路，遥知隔渺茫。

○力量稍減，然其韻味居然水部矣。三復不厭。

【校】

①舍，《全唐詩》作「泊」。

題興善寺隋松院與人期不至

青青伊澗松，移植在蓮宫。蘚色前朝雨，秋聲半夜風。對法妙。長閒應未得，暫賞亦難同。不及禪棲者，相看老此中。

○裁對制題煞有苦心，要全從水部長題陶出。

宿廬山絶頂山舍

一磴出林端，千峰次第看。長閒如未遂，暫到亦應難。谷樹雲埋老，僧窗瀑影寒。自嫌心不達，向此夢長安。高在不回護。自知不達，便已達矣。

王逸人隱居

一徑入千岑，幽人許重尋。「許」字最易客氣，此猶可耐。不逢秦世亂，未覺武陵深。意亦深亦真。石轉生寒色，雲歸帶夕陰。發難顯。卻愁危坐久，看盡暝棲禽。

主客圖上卷補遺

雍陶

雍陶字國鈞，成都人。太和間第進士。大中八年，自國子毛詩博士出刺簡州。詩一卷。

甯焯按，國鈞詩格意清新，張洎所列水部門下諸賢雖無其名，然劉補闕《秋園寓興》之什，與張、朱同和，則其嘗親受律格，不卜可知。蓋朱、項而外，逸者尚多，不止國鈞一人也。抄之以廣水部之緒。

贈金河戍客

慣獵金河路，曾逢雪不迷。句法是水部。射鵰青塚北，走馬黑山西。調度是水部。戍遠旌幡少，年深帳幕低。理足，故如畫。酬恩須盡敵，休説夢中閨。

送徐使君赴岳州

渺渺楚江上，風旗摇去舟。起興邈然，真水部。馬歸雲夢晚，猿叫洞庭秋。别思滿南渡，鄉心生北樓。閒淡，是水部。巴陵山水郡，應稱謝公遊。

送裴璋還蜀因亦懷歸

客在劍門外，新年音信稀。自爲千里别，已送幾人歸。情遥味永，非水部而何？陌上月初落，馬前花正飛。離言殊未盡，春雨滿行衣。留不盡，是水部。

送前鄠縣李少府

近出圭峰下，還期又不賒。身閒多宿寺，官滿未移家。是水部平淡處。罷釣臨秋水，開尊對月華。自當蓬閣選，豈得卧煙霞。

送宜春裴明府之任

南行春已滿，路半水茫然。楚望花當渡，只説花。湘陰橘滿川。只説橘。山横湖色上，帆出鳥行前。力學水部匠工。此任無辭遠，親人貴用遷①。晦。

【校】

① 遷，《全唐詩》作「還」。

贈宗靜上人

世上方傳教，山中未得歸。閒花飄講席，馴鴿汙禪衣。積雨誰過寺，殘鐘自掩扉。閒極，淡極，無味極，乃宛然一位高禪。寒來垂頂帽，白髮剃應稀。畫。

〇解得此詩五六句妙處，可與讀水部之詩矣。

同賈島宿無可上人院

何處銷愁宿，攜囊就遠僧。中宵吟有雪，空屋語無燈。略近仲初。靜境唯聞鐸，寒牀但枕肱。還因愛閒客，始得見南能。只如分作結。

和劉補闕秋園寓興六首

水木夕陰冷，無從寫處寫得出。池塘秋意多。庭風吹故葉，階露淨寒莎。愁燕窺燈語，情人見月過。妙。砧聲聽已別，蟲響復相和。

二

閉門無事後，此地即山中。但覺鳥聲異，不知人境同。晚花開爲雨，理足。殘果落因風。理足。獨坐還吟酌，詩成酒已空。

三

自得家林趣，常時在外稀。水部聲口如是。對僧餐野食，迎客著山衣。雀鬭翻簷散，匠。蟬驚出樹飛。匠。功成他日後，何必五湖歸。

四

秋色庭蕪上，清朝見露華。疏篁抽晚筍，幽藥吐寒芽。引水新渠淨，登臺小徑斜。宛然。匠在「小」字。人來多愛此，蕭爽似仙家。

五

禁掖朝回後，林園勝賞時。野人來辨藥，庭鶴往看棋。「往」字奇妙傳神。晚日明丹棗，朝霜潤紫梨。還因重風景，猶自有秋詩。

六

聖代少封事，閒居方屏喧。漏寒雲外闕，木落月中園。幽迴。山鳥宿簷樹，水螢流洞門。無人見清景，林下自開尊。

○與水部《秋居》毫髪不異。

塞上宿野寺

塞上蕃僧老，天寒疾上關。邊塞暮景，一指如見。遠煙平似水，高樹暗如山。是塞垣，是暮天。去馬朝常急，行人夜始閒。偏説閒，妙。更深聽刁斗，時到磬聲間。「宿」字只一點。

寒食夜池上對月懷友

人間多別離，處處是相思。聲情韻味，全是水部。海内無煙夜，天涯有月時。跳魚翻荇葉，驚鵲出花枝。親友皆千里，三更獨遶池。

自述

萬事誰能問，一名猶未知。貧當多累日，閒過少年時。張、王勝處已全據之。燈下和愁睡，花前帶酒悲。閒句絶肖。無謀常委命，轉覺命堪疑。結又絶肖。

送契玄上人南遊

紅葉落湘川，楓明映水天。尋鐘過野寺①，擁錫上瀧船。病客思留藥，迷人待説禪。南中多古跡，應訪虎溪泉。

〇平淡無可説處乃純是水部。

【校】

① 野，《全唐詩》作「楚」。

下卷

賈島

島字浪仙浪一作閬，范陽人。初爲浮屠，名無本。來東都時，洛陽令禁僧午後不得出，島爲詩自傷，韓愈憐之，因教其爲文，遂去浮屠，舉進士。詩思入僻，當其苦吟，雖逢公卿貴人不之覺也。累舉不中第。文宗時坐誹謗貶長江主簿。會昌初，以普州司倉參軍遷司户，未受命，卒。有《長江集》十卷，小集三卷。

《隋唐嘉話》：島於京師騎驢得句云：「鳥宿池邊樹，僧敲月下門。」初欲作「推」字，鍊之未定，不覺衝尹。時韓吏部權京尹，左右擁至前，島具告所以，韓立馬良久，曰：「作敲字佳矣。」遂與並轡歸，爲布衣交。

島嘗得句云：「鳥從井口出。」經年求對未就。一日，友從岳陽見過，遂得偶句曰：「人自岳陽過。」時謂經年求對。又島吟成送無可上人詩，其五六云：「獨行潭底影，數息樹邊身。」二句之下自注一絶云：「二句三年得，一吟雙淚流。知音如不賞，歸卧故山秋。」「長江風送客，孤館雨留人。」見《升庵集》。「古岸崩將盡，平沙長未休。」見《吟窗雜録》。全篇不可復考，知賈詩散佚甚多。

懷民按，浪仙詩無七古，其五古、五七言律以及絶句皆生峭險僻，錘鍊之功，不遺餘力。故韓吏部詩云：「無本於爲文，身大不及膽。蛟龍弄角牙，造次欲手攬。」孟東野亦云：「瘦僧卧冰凌，嘲詠含金痍。金痍非戰痕，峭病方在兹。」尤好爲五言律，存遺二百餘篇，較别體爲多。東野所謂「燕本越淡，五言寶刀」也。沿流而下，李洞之外，又有周賀、曹松、喻鳧，皆宗派之可考者，其他諸賢雖於古無聞，體格不殊，可推尋而得之。本欲全録，以極其體之變，因賈詩刻苦過鍊，後學不善，流爲尖酸；又遺集魯亥尤多，往往兩存之猶不得妥當，兹删去四分之一，尊爲清真僻苦主，與張水部分壇領袖，學者或性不近水部者，其入此派，不失正宗。合十四人，得詩四百六十首。

又按，宋方岳《深雪偶談》一則，鄙意稍覺未允，今録原文，並附管見於後。

《深雪偶談》：賈閬仙燕人，産寒苦地，故立心亦然。誠不欲以才力氣勢掩奪性情，特於事物理態毫忽體認。深者寂入仙源，峻者迥出靈嶽，同時喻鳧、顧非熊繼此，張喬、張嬪、李頻、劉得仁，凡晚唐諸子皆於紙上北面，隨其所得淺深，皆足以終其身而名後世。獨李洞佛名閬仙，所謂瓣香之師，執而不宏，捧心過甚，空圓蕭散之氣不復少有，豈非不善學下惠者耶？ 司空表聖後輩也，本用其機，反以閬仙非附寒澀無所置才，坡公不細考，亦然其言，獨非叛道歟？ 不然，則隸者不力，其文擠而實。 予則歸敬閬仙亦至矣。

按，其論賈氏甚允，論門下諸子多不確。方君蓋不知有水部派也，顧非熊、劉得仁皆水部門人，司空圖亦張氏後裔，方乃以顧、劉屬賈生，而譏司空爲叛道，左矣！ 至李洞實善學賈氏者，方君不肯靜索而漫擬捧心，毋乃過與？

哭柏巖禪師①

苔覆石床新，師曾占幾春。寫留行道影，焚卻坐禪身。分明有不壞身在。後來作哭僧詩皆法此刻苦，然於禪理之空妙處不能及也。 塔院關松雪，經房鎖隙塵。自嫌雙淚下，不是解空人。

【校】

① 禪師，《全唐詩》作「和尚」。

山中道士

頭髮梳千下，休糧帶瘦容。養雛成大鶴，種子作高松。手法極高。白石通宵煮，寒泉盡日舂。不曾離隱處，那得世人逢。

就可公宿

十里尋幽寺，寒流數派分。僧同雪夜坐，雁向草堂聞。警聳處全是鍊功。若改云「雪夜同僧坐，草堂聞雁來」，便爲小兒語也。靜語終字法。燈焰，餘生許字法。嶠雲。由來多抱疾，聲不達明君。從第六句遞下。

〇開首三篇，集中最著意者。

旅遊

此心非一事，書札若爲傳。舊國别多日，故人無少年。「少」字去聲，然以對「多」字卻妙。若依袁子才傳某論詩，必謂是差半個字也。空巢霜葉落，疏牖水螢穿。留得林僧宿，中宵坐默然。結得平淡。

送鄒明府遊靈武

曾宰西畿縣，三年馬不肥。債多平劍與，官滿載書歸。邊雪藏行徑，林風透卧衣。靈州聽曉角，客館未開扉。止説到此，妙。

題皇甫荀藍田廳

任官經一年，縣與玉峰連。竹籠拾山果，瓦瓶擔石泉。客歸秋雨後，印鎖暮鐘前。此等似無可寫，看他偏要著筆。久别丹陽浦，時時夢釣船。

贈王將軍

宿衛爐煙近，除書墨未乾。可知寵遇。馬曾金鏃中，倒襯有力，卻是虚筆，故妙。身有寶刀瘢。鏃必是金，刀必是寶，偏於人馬受傷處寫出名將身分。父子同時捷，君王畫陣看。唐賢用史之妙。此等平常對處著眼。何當爲外帥，白日出長安。「白日」二字寫出光寵。

下第

下第只空囊，如何住帝鄉。杏園啼百舌，誰醉在花傍。偷春格。感羡極矣，卻不損其高致。淚落故山遠，病來春草長，知音逢豈易，孤棹負三湘。

憶吴處士

半夜長安雨，燈前越客吟。合拍。孤舟行一月，萬水與千岑。對法妙。乍看似不對。島嶼夏雲起，汀洲芳草深。何當折松葉，拂石剡溪陰。

哭孟郊

身死聲名在，多應萬古傳。再鍊之，止消「才行古人齊」五字。寡妻無子息，此尚常語，再鍊之爲「遠日哭惟妻」。破宅帶林泉。此尚熟語，再鍊之爲「葬時貧賣馬」。冢近登山道，詩隨過海船。此二句實勝後作，蓋愛而不忍蠲也，故兩存之。故人相弔後，斜日下寒天。二句常矣。

○看來此與《哭孟協律》本是一詩，此初脱稿，後乃再三改鍊，以成奇絶。

弔孟協律

才行古人齊，五字贊盡，故其下更不用贊。世皆知東野所長在詩，而昌黎與浪仙皆極贊其行，所以爲深知。而詩之高又不待言。生前品位低。葬時貧賣馬，遠日哭惟妻。質極樸極老極痛極，狠苦結撰，非老郊何以當此。

孤塚北邙外，此墳不朽。空齋中嶽西。此居不朽。二句似不如前作，而格意覺高於前。集詩應萬首，物象徧曾題。止以餘意及之。

○非此詩不稱此人。見解撰力無一不到。此即前《哭孟郊》詩改鍊而成，此因有第二句，故題中著其官名。

送崔定

未知遊子意，何不避炎蒸。幾日到漢水，新蟬鳴杜陵。賈師即自然處亦與張、王不同。秋江待得月，夜語恨無僧。夜語何必有僧？然可想其風尚。巴峽吟過否，連天十二層。

寄白閣默公

已知歸白閣，山遠晚晴看。石室人心静，此句尤勝於對句，知者少耳。冰潭月影殘。微雲分片滅，古木落薪乾。押「乾」字老而不尖。夜夜風飄磬①，西峰絶頂寒。

【校】

①夜夜，《全唐詩》作「後夜」，風飄，《全唐詩》作「誰聞」。

雨後宿劉司馬池上

藍溪秋漱玉，此地漲清澄。蘆葦聲兼雨，此意想到。芰荷香遶燈。此景想到。岸頭秦古道，亭面漢荒陵。靜想泉根本，幽崖落幾層。賈生面目如見。

送朱可久歸越中

石頭城下泊，北固暝鐘初。汀鷺潮衝起，或作「衝潮」，不佳。船窗月過虚。或作「過月」，亦不佳。吴山侵越衆，隋柳入唐疏。樸拙得妙。日欲躬調膳，辟來何府書。

○新極矣，奇極矣，卻只是眼前意，足知推敲有力。

送田卓入華山

幽深足暮蟬，驚覺石牀眠。妙從已住説起。瀑布五千仞，草堂瀑布邊。此五丁開山之句，即在古人亦難必得，得者乃天成也。「草」字單平落調，然不可改者，其句已絶，故寧使律不諧耳。若改「草」字爲「茅」字，或改「瀑布」爲「飛瀑」，即失其妙。此可爲知者道也。壇松涓滴露，嶽月泬寥天。此等不待深思，但一吟之已可想其高寒。鶴過君須看，上頭應有仙。妙。

送董正字常州覲省

相逐一行鴻①，「一行」二字善學。何時出磧中。江流翻白浪，木葉落青楓。輕櫬浮吴國，繁霜下楚空。二字新。春來懽侍阻，止如此一反點亦止句。正字在東宫。

【校】

① 逐，咸豐本作「顧」。

酬姚少府

梅樹與山木，俱應摇落初。古本作「梅樹」。梅木之美者以寓姚，山木無用以自寓，然俱當衰老也。後人不識，改爲「海樹」，「山」「海」似乎對舉，而按之全無義意。柴門掩寒雨，蟲響出秋蔬。細響錚錚。枯槁彰字法。清鏡，孱愚友字法。道書。刊文非不朽，君子自相於。

送無可上人

圭峰霽色新，畫。送此草堂人。麈尾同離寺，高。蛩鳴暫別親。對法妙。無可在俗爲浪仙從弟，故詩中用「親」字非泛下也。獨行潭底影，此幻影也，獨行者誰？數息樹邊身。此色身也，數息者誰？此等李洞諸人皆不能道，非不及其詩，不及其精於禪也。此爲師生平得意語，須思其得意處安在。終有煙霞約，天台作近鄰。

送李騎曹

歸騎雙旌遠，懽生此別中。蕭關分磧路，嘶馬背寒鴻。當句對。朔色晴天北，河源落日東。無此奇筆如何匠得塞垣景出？此與王右丞「大漠孤煙直，長河落日圓」有正變之分，而發難顯則同。賀蘭山頂草，時動捲旗風①。

【校】

①旗，《全唐詩》作「帆」。

送覺興上人歸中條山兼謁河中李司空

又憶西巖寺，秦原草白時。山尋樵徑上，人到雪房遲。暮磬潭泉凍，荒林野燒移。字匠。聞師新譯偈，補此，句格。説擬對旌麾。

寄無可上人

僻寺多高樹，涼天憶重遊。磬過溝水盡，此「盡」字斟量得好。月入草堂秋。穴蟻苔痕靜，藏蟬柏葉稠。名山思徧住①，早晚到嵩丘。

【校】

① 住，《全唐詩》作「往」。

南池

蕭條微雨絶，荒岸抱清源。「抱」字未能恰好。入舫山侵塞，分泉稻接村。山侵塞者，舫中所見；稻接村者，泉之所分。句法倒裝入格。秋聲依樹色，月影在蒲根。搜剔極細。淹泊方難遂，他宵關夢魂。

寄龍池寺貞空二上人

受請終南住，俱妨去石橋。林中秋信絶，峰頂夜禪遥。此等最高，非洞輩可及。寒草煙藏虎，止匠得寒草。高松月照鵰。止匠得高松。霜天期到寺，寺置即前朝。此等搏挽，師開法門。

送貞空二上人

林下中餐後，天涯欲去時。衡陽過有伴，夢澤出應遲。二公行徑高處於言外想之。妙在淡極，似無可説。石磬疏寒韻，銅瓶結夜澌。殷勤訝此别，且未定歸期。

丹陽精舍南臺對月寄姚合①

月向南臺見，秋霖洗滌餘。出逢危葉落，「逢」字有神理。静看衆峰疏。「静」字有神理。冷露常時有，禪窗此夜虚。相思聊悵望，潤氣徧衣初。

【校】

①丹陽，《全唐詩》作「昇道」。

送路一本有「某從軍」三字。

别我就蓬蒿，言就蓬蒿而來别我也。日斜飛伯勞。龍門流水急，嵩岳片雲高。興起從軍。歎命無知己，梳頭落白毛。二語或自傷。從軍當此去，風起廣陵濤。

江亭晚望①

浩渺浸雲根，煙嵐没遠村。鳥歸沙有跡，帆過浪無痕。此句尤妙。望水知柔性，句率。看山欲倦魂。句率。縱情猶未已，迴馬欲黄昏。

【校】

①《全唐詩》題作「登江亭晚望」。

過唐校書書齋

池滿風吹竹，時時得爽神。聲齊雛鳥語，倒裝句法。畫卷老僧真。高古。月出行幾步，花開到四鄰。江湖心自切，未可挂頭巾。

送杜秀才東遊

東遊誰見待，盡室寄長安。别夜葉頻落①，去程山已寒。淡味深情，賈師與張先生是一是二。大河風色度，曠野燒煙殘。匣有青銅鏡，時將照鬢看。

【校】

①夜，《全唐詩》作「後」。

送天台僧

遠夢歸華頂，扁舟背岳陽。寒蔬修靜食①，夜浪動禪牀。雁過孤峰曉，猿啼一樹霜。身心無別念，餘習在詩章。○真高僧自不僅以詩著，末語有識。

【校】

①靜，《全唐詩》作「淨」。

懷紫閣隱者

寂寥思隱者，孤燭坐秋霖。梨栗猿喜熟，雲山僧説深。生峭極矣。「僧」字下得確妙。寄書應不到，結伴擬同尋。廢寢方終夕，迢迢紫閣心。

雨夜同厲玄懷皇甫荀

桐竹遶庭匝，雨多風更吹。狀境逼真，寓情已極。還如舊山夜，卧聽瀑泉時。淺淡便似烏江。磧雁來期近，秋鐘到夢遲。溝西吟苦客，中夕話兼思。拙得妙。

秋暮

北門楊柳葉，不覺已繽紛。值鶴因臨水，迎僧忽背雲。寫景已透微而寓意自渺然。白鬚相並出，清淚兩行分。默默空朝夕，苦吟誰喜聞。後世能喜者誰與，何論當時！結明五、六之旨。

哭胡遇

夭壽知齊理，何曾免歎嗟。祭迴收朔雪，弔罷折寒花①。偏於不悲處寫悲。野水秋吟斷，空山暮景斜②。弟兄相識徧，猶得到君家。

【校】

① 罷，《全唐詩》作「後」。

② 景，《全唐詩》作「影」。

送安南惟鑒法師

講經春殿裏，花遶御牀飛。南海幾迴渡，舊山臨老歸。此等與張、王派相似，卻又不同。潮搖蠻草落，月溼島松微。雲水路迢遞①，往來消息稀。

【校】

①雲水路迢遞，《全唐詩》作「空水既如彼」。

題李凝幽居

閒居少鄰並，草徑入荒園。鳥宿池邊樹，僧敲月下門。二句本佳，亦不在推敲一重公案。過橋分野色，移石動雲根。暫去還來此，幽期不負言。

寄董武

雖同一城裏，少省得從容。門掩園林僻，日高巾幘慵。孤鴻來半夜，積雪在諸峰。風骨高騫。二句獨絶千古，然不如此對亦不見如此好。賈集中此最高格，非才、江輩所能追。正憶毗陵客，聲聲隔水鐘。

宿贇上人房

階前多是竹，閒地擬栽松。朱點草書疏，雪平麻履蹤。草、麻對，奇。御溝寒夜雨，官寺靜時鐘①。此室無他事②，來尋不厭重。

【校】

①官，《全唐詩》作「宫」。

②室，《全唐詩》作「時」。

訪李甘原居

原西居處靜，門對曲江開。石縫銜枯草，楂根上積苔①。搜剔不遺細小。僻澀可念。翠微泉夜落，紫閣鳥時來。仍憶尋淇岸，同行採蕨回。

【校】

①楂，《全唐詩》作「查」。積，《全唐詩》作「淨」。

題山寺井

沉沉百尺餘，功就豈斯須。汲早僧出定，鑿新蟲自無。對法，格。藏源重嶂底，澄翳大空隅。此地如經劫，涼潭會共枯。

僻居無可上人相訪

自從居此地，少有事相關。積雨荒鄰圃，畫。秋池照遠山。畫。硯中枯葉落，枕上斷雲閒。

野客將禪子，依依偏往還。

送李餘及第歸蜀

知音伸久屈，覲省去光輝。止一點。津渡逢清夜，途程盡翠微。何必是蜀，卻是蜀。雲當綿竹疊，鳥離錦江飛。二句固切其地，亦略著色寫及第興頭。肯寄書來否，原居出亦稀。唐人多是如此說，可知古誼非世情也。

荒齋

草合徑微微，終南對掩扉。晚涼疏雨絶，初曉遠山稀。以確故真。落葉無青地，閒身著白衣。樸愚猶本性，不是學忘機。

夜喜賀蘭三見訪

漏鐘仍夜淺，時節欲秋分。泉聒棲松鶴，用「聒」字愈覺其靜。風除翳月雲。用「翳」字愈覺其淨。踏苔行引興，枕石卧論文。即此尋常靜，尋常靜，妙。來多祗是君。

題青龍寺鏡公房

一夕曾留宿，終南摇落時。孤燈岡舍掩，殘磬雪風吹。樹老因寒折，泉深出井遲。此乃爲汲者言。疏慵豈有事，多失上方期。

送陳判官赴綏德

將軍邀入幕，束帶便離家。寫得壯懷出。身暖蕉衣窄，天寒磧日斜。火燒岡斷草①，風卷雪平沙。絲竹豐州有，春來衹欠花。

【校】

① 草，《全唐詩》作「莘」。

送唐環歸敷水莊

毛女峰當户，日高頭未梳。地侵山影掃，葉帶露痕書。松徑僧尋藥，沙泉鶴見魚。「尋」字「見」字皆極平常字，然二句傳神入妙卻全在此二字。一川風景好，恨不有吾廬。

原東居喜唐温琪頻至

曲江春草生，紫閣雪分明。汲井嘗泉味，聽鐘問寺名。此等與張、王最近。墨研秋日雨，强湊句。茶試老僧鐺。對句亦不佳。地近勞頻訪，烏紗出送迎。

送歘法師

度歲不相見，嚴冬始出關。孤煙寒色樹，高雪夕陽山。名畫。好句天成。瀑布寺應到，牡丹房甚閑。南朝遺跡在，此去幾時還。

寄錢庶子

曲江春水滿，北岸掩柴關。祇有僧鄰舍，全無物映山。對注極高。樹陰終日掃，藥債隔年還。時人必以爲常而無味，不知不常有味處正在阿堵。猶記聽琴夜，寒燈竹屋間。

原上秋居

關西又落木，心事復如何。歲月辭山久，秋霖入夜多。鳥從井口出，人自岳陽過①。經年求對，卻不見佳。可知古人得意亦不作準。倚杖聊閒望，田家未翦禾。

【校】

①岳，《全唐詩》作「洛」。

冬夜

羈旅復經冬，瓢空盎亦空。淚流寒枕上，跡絶舊山中。凌結浮萍水，雪和衰柳風。曙光雞未報，嘹唳兩三鴻。

○極形棲寂之苦。學空人亦不廢此，以詩固主乎情也，無情之人不可與言詩。

送厲宗上人

擁策背岷峨，終南雨雪和。漱泉秋鶴至，禪樹夜猿過。高頂白雲盡，前山黄葉多。曾吟廬嶽上，月動九江波。可想高躅。

贈無懷禪師

身從劫劫修，果以此生周。禪定石牀暖，非燕本不能作此語。月移山樹秋。二句合看，則常處皆奇。

捧盂觀宿飯，敲磬過清流。以禪理觀則妙。不掩玄關路，教人問白頭。

送友人棄官遊江左

羡君休作尉，萬事且全身。寰海多虞日，江湖獨往人。此等不盡是家法，然可觀其對法也。姓名何處變，鷗鳥幾時親。别後吴中使，應須訪子真。

南齋

獨自南齋卧，神閒景亦空。有山來枕上，無事到心中。此調被後人學壞。簾卷侵牀月，屏遮入座風。望春春未至，應在海門東。

早春題友人湖上新居二首

近得雲中路，或作看，誤。門長侵早開。到時猶有雪，行處已無苔。勸酒客初醉，留茶僧未來。每逢晴暖日，惟見乞花栽。

○近文昌。

二

門不當官道，行人到亦稀。故從餐後出，多是夜深歸。開篋收詩卷，掃牀移卧衣。幾時同買宅，相近有柴扉①。

○近王仲初、姚武功。

【校】

①近，《全唐詩》作「送」。

送雍陶入蜀

江山事若諳，那肯滯雲南。草色分危磴，杉陰近古潭。日斜褒谷鳥，夏淺巂州蠶。句有格法。吾自疑雙鬢，相逢更不堪。

張郎中過原東居

年長惟添懶，經旬止掩關。高人餐藥後，下馬此林間。對法古妙。對坐天將暮，同來客亦閒。極無可說處寫得出便是真詩。看此句可知必不止張郎中一人也，而題中並不多及，此唐人置題有法，不似後人作會合詩輒如開請客帖也。幾時能重至，水味似深山。

送李餘往湖南

昔去候温凉，秋山滿楚鄉。今來從辟命，春物偏湾陽①。隔句對法。岳石挂海雪，野楓堆渚檣。若尋吾祖宅，寂寞在瀟湘。此指誼也，然不必即其宗派。

【校】

① 偏，《全唐詩》作「徧」。

偶作

野步隨吾意，那知是與非。稔年時雨足，閏月暮蟬稀。閒心妙。獨樹依岡老，遥峰出草微。礙而通。峰遠出平地上，故言「出草」。《文心雕龍》有云：「礙而實通。」故凡詩句中有乍看似無理、細想乃確妙者，皆謂之礙而通。後仿此。園林自有主，宿鳥且同歸。

過雍秀才居

夏木鳥巢邊，終南嶺色鮮。就涼安坐石，煮茗汲鄰泉。鐘遠清宵半①，蜩稀暑雨前。幽齋如葺罷，約我一來眠。

【校】

①宵，《全唐詩》作「霄」。

送慈恩寺霄韻法師謁太原李司空

何故謁司空，雲山知幾重。磧遥來雁盡，雪急去僧逢。清磬先寒角，禪燈徹曉烽。舊房閒片石，倚著最高松。

○此等是燕本真本領、真力量①，學者未易企及。此與清塞所送之省己似是一人，兩詩風格略同，而此尤勝。

【校】

①燕，咸豐本作「無」。

送知興上人

久住巴興寺，如今始拂衣。欲臨秋水别，不向故山歸①。錫挂天涯樹，房開嶽頂扉。警聳。下看千里曉，三字奇。霜海日生微。

【校】

①山，《全唐詩》作「園」。

送惠雅法師歸玉泉

祇向瀟湘水①，洞庭湖未遊。飲泉看月别，下峽聽猨愁。講不停雷雨，吟當近海流。警聳。降霜歸楚夕，星冷玉泉秋。

【校】

① 向，《全唐詩》作「到」。

憶江上吴處士

閩國揚帆去，蟾蜍虧復團。秋風吹渭水①，落葉滿長安。二句誠佳，然不是本家筆。世有選賈詩專推此種，正是摸象見識。此地聚會夕，當時雷雨寒。蘭橈殊未返，消息海雲端。

【校】

① 吹，《全唐詩》作「生」。

石門陂留辭從叔謩

幽鳥飛不遠，此行千里間。寒衝陂水霧，醉下菊花山。有恥長爲客，無成又入關。何時臨澗柳，吾黨共來攀。

○後人爲之必又多叔侄濫語。

送朱兵曹回越

星彩練中見，澄江豈有泥。起興。潮生垂釣罷，楚盡去檣西。「楚盡」二字尤妙。磧鳥辭沙至，山鼯隔水啼。會稽半侵海，濤白禹祠溪。

○但叙越境而不及其人，正可於言外推想。

懷博陵故人

孤城易水頭，不忘舊交遊。雪壓圍棋石，風吹飲酒樓。路遥千萬里，人别十三秋。吟苦相思處，天寒水急流。

夕思

秋宵已難曙，漏向二更分。我憶山水坐，蟲當寂寞聞。真不求工，乃入高格。洞庭風落木，天姥月離雲。會自東浮去，將何欲致君。

寄河中楊少尹

非惟咎曩時，投刺詣門遲。悵望三秋後，參差萬里期。禹留疏鑿跡，舜在寂寥祠。此致杳難共①，迴風逐所思。

○此詩並無好處，正是不作意爲難。

【校】

① 致，《全唐詩》作「到」。

孟融逸人

孟君臨水居，不食水中魚。起興超然。以古行律法如此。衣衲唯粗帛①，筐箱祇素書。樹林幽鳥戀，世界此心疏。擬棹孤舟去，何峰又結廬。

【校】

① 衲，《全唐詩》作「褐」。

晚晴見終南諸峰

秦分積多峰，連巴勢不窮。半旬藏雨裏，此日到窗中。乘興而作，汩汩其來。得興在起，三四一氣説下不難。圓魄將昇兔，高空欲叫鴻。故山思不見，碣石沉寥東。五字中想見燕本冰雪骨①。

【校】

① 燕，咸豐本作「無」。

宿池上

泉來從絶壑，亭敞在中流。竹密無空岸，松長可絆舟。蟪蛄潭上夜，河漢島前秋。空淨。異夕期深漲，攜琴卻此遊。

喜姚郎中自杭州回

路多楓樹林，累日泊清陰。來去泛流水，翛然通此心①。一披江上作，三起月中吟。東省期司諫，雲門悔不尋。

【校】

① 通，《全唐詩》作「適」。

送鄭長史之嶺南

雲林頗重疊，岑渚復幽奇。泊水斜陽岸①，騷人正則祠。看如此對法，似纖卻得古趣。蒼梧多蟋蟀，白露溼江蘺。擢第榮南去，晨昏近九疑。此亦當是登第歸覲，題所不及，詩中補之。

【校】

①泊，《全唐詩》作「汨」。

題長江廳①

言心俱好靜，五字一篇自贊敘。廨署落暉空。歸吏封宵鑰，行蛇入古桐。冷官可想。長江頻雨後，明月衆星中。若任遷人去，西浮與剡通②。不盡。

【校】

①《全唐詩》題作「題長江」。

②浮，《全唐詩》作「溪」。

泥陽館

客愁何併起，暮送故人迴。廢館秋螢出，空城寒雨來。夕陽飄白露，樹影掃青苔。獨坐離容慘，孤燈照不開。

○於此等題看古人詩興。

送徐員外赴河中

原野正蕭瑟，中間分散行①。鍊意起。吏從甘扈罷，題中「員外」二字。詔許朔方行。邊日沉字法。殘角，河關截字法。夜城。雲居閒獨往，長老出房迎。卻如此結，故高。

【校】

① 行，《全唐詩》作「情」。

送賀蘭上人

野僧來別我，略坐傍泉沙。遠道擎空鉢，深山蹋落花。真得道僧。無師禪自解，有格句堪誇。此乃作詩口訣。此可誇則無法者不足言矣，然不曰法而曰格者，法是死的，格是活的。此去非緣事，孤雲不定家。

崇聖寺斌公房

近來惟一食，樹下掩禪扉。落日寒山磬，多年壞衲衣。如此對法。白鬚長更剃，青靄遠還歸。

仍説遊南嶽，經行是息機。

岐下送友人歸襄陽

蹉跎隨汎梗，羈旅到西州。舉翮籠中鳥，知心海上鷗。此等在賈師集中反成廓落，不知者詫爲盛唐，陋矣！山光分手暮①，草色向家秋。出力鍊法，能括衆情。若更登高峴，看碑定淚流。

【校】

① 手，《全唐詩》作「首」。

送友人遊蜀

萬岑深積翠，路向此中難。欲暮多羈思，因高莫遠看。何必是蜀，確是蜀。能知此法，思過半矣。卓家人寂寞，揚子業凋殘。略及蜀事，又寓感慨。若止覼縷故實，不過有韻之地輿志耳，何足有無。唯有岷江水，悠悠帶月寒。

送鄭少府

江岸一相見，空令惜此分。夕陽行帶月，酌水少留君。對妙。野地初燒草，荒山過雪雲。高手畫不出。明年還調集，蟬可在家聞。止就蟬一指。

子規

遊魂自相叫，寧復記前身。飛過鄰家月，聲連野寺春①。夢邊催曉急，愁處送風頻。「邊」字「處」字是唐人用法，後人多不解也。自有霑花血，相和雨滴新。

【校】

① 寺，《全唐詩》作「路」。

送僧歸天台

辭秦經越過，歸寺海西峰。起興絶佳。石磵雙流水，山門九里松。到此卻易。曾聞清禁漏，卻聽赤城鐘。妙宇研磨講①，應齊智者踪。

【校】

① 宇，咸豐本作「字」。

讓紇曹上欒使君

戰戰復兢兢，猶如履薄冰。雖然叨一掾，還似説三乘。妙。瓶汲南溪水，書來北嶽僧①。戇愚兼抱疾，權紀不相應。結出讓意。

【校】

① 咸豐本「嶽」下脱「僧戇愚」三字。

贈友人

五字詩成卷，清新少得偕①。不同狂客醉，自伴律僧齋。春別和花樹，秋辭帶月淮。卻歸登第日，名近榜頭排。此等語亦不廢，卻説得高閒。

【校】

① 少得，《全唐詩》作「韻具」。

謝令狐綯相公賜衣九事

長江飛鳥外，先著此五字得神。主簿跨驢歸。長江小像如是。逐客寒前夜，元戎予厚衣①。雪來松更緑，自喻。霜降月彌輝。喻絢。即日調殷鼎，朝分是與非。島以坐誹謗遭貶，畢竟未明誹謗何語，所謂朝分是非，正指此耳。不得其事，或疑與前不相應。所以讀詩必知其人論其世。

○此詩前半感令狐之知，後半愬自己之謫，惟知之深故望之切也。

【校】

①予，咸豐本作「子」。

送譚遠上人

下視白雲時，山房蓋樹皮。境高到頂，詩亦如之。垂枝松落子，側頂鶴聽棋。傳神在「側」字。清淨從沙劫，中終未日欹。金光明本行，同侍出峨嵋。

新年

嗟以龍鍾貌①，如何歲復新。石門思隱久，銅鏡强窺頻。花發新移樹，心知故國春。誰能平此恨，豈是北宗人。前六句中無限感傷，所以有此結句。

【校】

①貌，《全唐詩》作「身」。

寄山中長孫棲嶠①

此時氣蕭颯，琴院可應關。鶴似君無事，不曰君似鶴而曰鶴似君，加一倍寫乃逾高。風吹雨遍山。第三句奇妙，得未曾有，卻止以極尋常語對之。試去合看，無奇非常，即無常非奇也。後來李洞詩「千年松遶屋」止對以「半夜雨連溪」，正得此訣。松生青石上，泉落白雲間。此亦佳，然不及王右丞「明月松間照」二句。可知盛唐不用力而自勝，中晚以後必須用力乃能與相追。難以概論，粗心人不能省也。有徑連高頂，心期相與還。

【校】

①《全唐詩》題作「寄山友長孫棲嶠」。

送空公往金州

七百里山水，手中楖栗粗。「楖」字則落調，若作「榔」字則無出。俟考。松生師坐石，潭滌祖傳盂。字字從鋼板拔出。長擬老嶽嶠，又聞思海湖。惠能同俗姓，不是嶺南盧。○此詩具見定力，非初禪所能參。

病起

嵩丘歸未得①，空自責遲迴。身事豈能遂，蘭花又已開。此等對法脱化，然不善學恐易入滑派。病令新作少，雨阻故人來。燈下南華卷，袪愁當酒杯。

【校】

① 嵩，《全唐詩》作「高」。

秋夜仰懷錢孟二公琴客會

月色四時好，秋光君子知。提出君子知加之月色，又爲謝莊輩不曾見到。南山昨夜雨，爲我寫清規。此便不難。獨鶴聳寒骨，高杉韻細颸。「韻」字沾客氣。仙家縹緲弄，髣髴此中期。

贈李金州

綺里祠前後，山程踐白雲。泝流隨大旆，登岸見全軍。止五字寫出戎行之盛。曉角吹人夢，秋風卷雁群。霧開方露日，漢水與沙分①。

【校】

①與，《全唐詩》作「底」。

酬姚合校書

因貧行道遠①，得見舊交遊。美酒易傾盡，衹眼前情事。好詩難卒酬。非周旋世態。公堂朝共到，私第夜相留。多少款洽語都括在中。不覺入關晚，别來林木秋。

【校】

①道遠，《全唐詩》作「遠道」。

送獨孤馬二秀才居明月山讀書

濯志俱高潔，儒科慕冉顔。家辭臨水郡，雨到讀書山。棲鳥棲花上，聲鐘字法。礫閣間。寂寥窗户外，時見一僧還①。結亦新。

【校】

①僧，《全唐詩》作「舟」。

病蟬

病蟬飛不得，向我掌中行。折翼猶能薄，下二「能」字。酸吟尚極清。用二「極」字。露華凝在腹，塵點誤侵睛。此句尤神警逼真。黄雀並鳶鳥，俱懷害爾情。

○此自是賦，而兼自寓意，然不必泥，即匠物已神絶。

青門里作

燕存鴻已過，海内幾人愁。欲問南宗理，將歸北嶽修。若無攀桂分，祇是卧雲休。既得禪悦，豈復沾沾一桂？然唐賢志尚如此，勿以爲疑。泉樹一爲別，依稀三十秋。

盧秀才南臺

居在青門里，臺當千萬岑。下因岡助勢，上有樹交陰。陵遠根纔辨①，空長畔可尋。新晴登嘯月②，驚起宿枝禽。

【校】

① 辨，《全唐詩》作「近」。

②月，《全唐詩》作「處」。

過楊道士居

先生修道處，茆屋遠囂氛。叩齒坐明月，搘頤望白雲。尋常語，卻是得道者。精神含藥色，妙是含藥色，若作得仙貌則庸矣。衣服帶霞紋。妙是霞紋，若作似雲霞則庸矣。每語瀛洲路①，多年別少君。祇似真個。

【校】

①每語，《全唐詩》作「無話」。

贈僧

亂山秋木穴，裹有靈蛇藏。古句。鐵錫挂臨海，石樓聞異香。異様高踪。出塵頭未白①，入定衲凝霜。非真僧未能道此。莫話五湖事，令人心欲狂。

【校】

①頭，咸豐本作「身」。

送友人遊塞

飄蓬多塞下，君見益潸然。迴磧沙銜日①，鍊。長河水接天。試思何必是塞外始然。夜泉行客火，曉戍向京煙。少結相思恨，佳期芳草前。

【校】

① 迴，咸豐本作「迴」。

思遊邊友人

凝愁對孤燭，昨日飲離杯。格。葉下故人去，天中新雁來。二句倒轉來便味減。連沙秋草薄，帶雪暮山開。苑北紅塵道，何時見遠迴。

秋暮寄友人

寥落關河暮，霜風樹葉低。遠天垂地外，寒日下峰西。有志煙霞切，無家歲月迷。清宵話白閣，已負十年棲。

雪晴晚望

倚杖望晴雪，溪雲幾萬重。格。樵人歸白屋，寒日下危峰。嚴峭不可名狀。野火燒岡草，斷煙生石松。二句中有雪在。卻回山寺路，聞打暮天鐘。其聲亦帶寒苦。○對之三伏中凜凜有寒意。古今雪詩至歐、蘇始稱白戰，其實自退之即不持寸鐵也，但用鬱思定力，峭骨沉響，筆補造化，無逾此作。

寄朱錫珪

遠泊與誰同，來從古木中。長江人釣月，曠野火燒風。夢澤吞楚下①，閩山阨海叢。此時檣底水，濤起屈原通。此「通」字如何下？

【校】

①下，《全唐詩》作「大」。

馬戴居華山因寄

玉女洗頭盆，孤高不可言。瀑流蓮嶽頂，河注華山根。「頂」「根」二字鍊。二句直寫得奇絶，真大法力。絶雀林藏鶻，無人境有猿。此即降一等。秋蟬纔過雨①，石上古松門。

【校】

① 蟬，《全唐詩》作「蟾」。

寄胡遇

一自殘春别，經炎復到涼。螢從枯樹出，蛩入破階藏。僻極矣，然卻不是後來鍾、譚一派。落葉書勝紙，閒砧坐當牀。東門因送客，相訪也何妨。

送李戎扶侍往壽安

二千餘里路，一半是波濤。未曉著衣起，出城逢日高。對法都變。關山多寇盜，扶侍帶弓刀。止點一句。臨别不揮淚，誰知心鬱陶。

送孫逸人

衣屨猶同俗，妻兒亦宛然。偏如此説，妙。不餐能累月，無病已多年。是藥皆諳性，令人漸信仙。妙。杖頭書數卷，荷入翠微煙。仙圖。

○此與張水部《隱者》、《道者》等篇都一體例，要知亦不止兩公爲然。

寄華山僧

遥知白石室，松柏隱朦朧。月落看心次，雲生閉目中。非無本不能道此，非深於宗旨者未可輕學。五更鐘隔嶽，萬尺水懸空。此「空」字卻是實字。此等可學。苔蘚嵌巖所，依稀有徑通。

易州過郝逸人居

每逢詞翰客，邀我共尋君。果見閒居賦，未曾流俗聞。一氣順遞，然卻有逸致，非時下滑調，最宜審辨。也知鄰市井，宛似出囂氛。學此易於熟滑。卻笑巢由輩，何須隱白雲。

淨業寺與前鄠縣李廓少府同宿

來從城上峰，渺然。京寺暮相逢。往往語復默，微微雨灑松。二語中無限情感。家貧初罷吏，年長畏聞蛩。妙對。前日猶拘束，披衣起曉鐘。

○即此詩而前賢叙次之法、置題之法具可見矣。後人不省置題法，故叙次亦止是靡亂。

送去華法師

在越居何寺，東南水路歸。秋江洗一鉢，寒日曬三衣。三衣，祖衣、五衣、七衣也。默聽鴻聲盡，行看葉影飛。囊中無寶貨，船户夜扃稀。

題朱慶餘所居

天寒吟竟曉，極寫詩人苦興。古屋瓦生松。此句妙格。寄信船一隻，隔鄉山萬重。樹來沙岸鳥，窗度雪樓鐘。每憶江中嶼，更看城上峰。此爲不結之結，最高最不易學。○真高士。

送黄知新歸安南

池亭沉飲徧，非獨曲江花。地遠路穿海，春歸冬到家。當句中自對。火山難下雪，瘴土不生茶。知決移來計，相逢期尚賒。

贈胡禪師①

自是根機鈍，非關夏臘深。秋來江上寺，夜坐嶺頭心②。禪悟。井鑿山含月，風吹磬出林。

祖師攜隻履，去路杳難尋。卻如此結，須知非以祖師比胡也。

【校】

①《全唐詩》題作「贈胡禪歸」。

②頭，《全唐詩》作「南」。

元日女道士受籙

元日更新夜，齋身稱淨衣。數星連斗出，萬里斷雲飛。霜下磬聲在，月高壇影微。立聽師語了，左肘繫符歸。

○題與詩皆近張、王，結味尤似。

重與彭兵曹

故人在城裏，休寄海邊書。漸去老不遠，別來情豈疏。對法都變。硯冰催臘日，山雀到貧居。每有平戎計，官家別敕書①。感慨。妙。

【校】

①書，《全唐詩》作「除」。

贈莊上人

不語焚香坐，心知道已成。流年衰此卅，「衰」字活用，妙。定力見他生。如何見得？非深通佛理，未易輕學。暮雪餘春冷，寒燈續晝明。尋常五侯至，敢望下階迎。非榮之也，正見道成身分。

皇甫主簿期遊山不及赴

休官匹馬在，新意入山中。更往應難遂[1]，前期恨不同。祇叙明前事，而中有曲味。集蟬苔樹僻，留客雨堂空。深夜誰相訪，惟當清淨翁。後四就自己邊説。

【校】

①往，《全唐詩》作「住」。

宿成湘林下

相訪夕陽時，千株木未衰。石泉流出谷，山雨滴棲鴟。僻。漏向燈聽數，酒因客寢遲。「酒」字落調，句當有誤。今宵不盡興，更有月明期。

酬胡遇

麗句傳人口，科名立可圖。移居見山燒，買樹帶巢烏。宛然。遊遠風濤急，吟清雪月孤。卻思初識面，仍未有多鬚。尋常情語，妙。

宿慈恩寺郁公房

病身來寄宿，自掃一牀閒。反照臨江磬，新秋過雨山。斬新古畫，畫有不能到。竹陰移冷月，荷氣帶禪關。獨住天台意，方從内請還。

送褚山人歸日東①

懸帆待秋色②，去入杳冥關③。東海幾年別，中華此日還。岸遥生白髮，波盡露青山。必寫到此地位方爲到家，俱是加一倍寫法。隔水相思在，無書也是閒。

【校】

①東，《全唐詩》作「本」。

②色，《全唐詩》作「水」。

③關，《全唐詩》作「間」。

雨夜寄馬戴

芳林杏花樹，花落子西東。今夕曲江雨，寒吹朔北風①。亦隔，然不甚相當即是偷春之類。鄉書滄海絶，隱路翠微通。寂寂相思際，孤釭殘漏中。

【校】

①吹，《全唐詩》作「催」。

喜無可上人遊山回

一食復何如，尋山無定居。相逢新夏滿，是僧語。不見半年餘。聽話龍潭雪，休傳鳥道書。別來還似舊，白髮日高梳。

寄毗陵徹公

身依吴寺老，黄葉幾回看。早講林霜在，孤禪隙月殘。真高僧。井通潮浪遠，鐘與角聲寒。已有南遊約，誰言禮謁難。

送穆少府知眉州

劍門倚青漢，君昔未曾過。日暮行人少，山深異鳥多。「怪禽啼曠野」二句又從此翻出。猿啼和峽雨，棧盡到江波。一路白雲裏，飛泉灑薜蘿。

○匠蜀境如歷。

宿孤館

落日投村戍，愁生爲客途。寒山晴後緑，秋月夜來孤。境常意常無一字不常，然卻能如此異様出色，乃撰力勝耳。橘樹千株在，漁家一半無。自知風水静，舟繫岸邊蘆。

哭宗密禪師

鳥道雪岑巔，師亡誰去禪。此等句義，惟師有之。几塵增滅後，樹色改生前。分明几塵樹色都是幻象。層塔當松吹，殘蹤傍野泉。唯嗟聽經虎，時到壞菴邊。寫得虎有淚。

宿山寺

衆岫聳寒色，精廬向此分。流星透疏木，走月逆行雲。「透」字「走」字過於鍊，字反帶傖氣。絶頂人來少，高松鶴不群。一僧年八十，世事未曾聞。結超古無上。

題竹谷上人院

禪庭高鳥道，迴望極川原。樵徑連峰頂，石泉通竹根。刻鍊。木深猶積雪，山淺未聞猿。欲別塵中苦，願師貽一言。

京北原作

登原見城闕，策蹇思炎天。日午路中客，槐花風處蟬。于古一情。此「處」字唐人用法。遠山秦木上，清渭漢陵前。何事居人世，皆從名利牽。

寄江上人

紫閣舊房在，新家中嶽東。煙波千里隔，消息一朝通。此等不免率。寒日汀洲路，秋晴島嶼風。分明杜陵葉，別後兩經紅。

送僧歸太白山

堅冰連夏處，「處」字又妙。太白接青天。雲塞石房路，峰明雨外巔。王右丞「碧峰出山後」視此猶易盡。夜禪臨虎穴，寒漱撇字法。龍泉。後會不期日，相逢應信緣。

暮過山村①

數里聞寒水，山家少四鄰。怪禽啼曠野，落日恐行人。可畏。是謂能狀難顯。初月未終夕，邊烽不過秦。蕭條桑柘外，煙火漸相親。

【校】

① 暮，咸豐本作「送」。

鷺鷥

求魚未得食，一句傳神。沙岸往來行。島月獨棲影，暮天寒過聲。墮巢因木折，失侶遇弦驚。頻向煙霞望①，吾知爾去程。

【校】

① 霞，《全唐詩》作「霄」。

内道場僧弘紹

麟德燃香請，長安春幾回。夜閒同像寂，人知愛其閒，再不想如此寫。晝定爲吾開。人知崇其定，再不料如此對。三四匪夷所思，然不如此亦不能匠得出得道高僧。講罷松根老，經浮海水來。六年雙足履，只步院中苔。真高絶。

留別光州王使君建

杜陵千里外，期在末秋歸。既見林花落，須防木葉飛。「既見」「須防」四字中有深感曲味。楚從何地盡，淮隔數峰微。迴首餘霞失，斜陽照客衣。○看他通首更不著使君一句，而情誼自可想。

宿姚合宅寄張司業籍

閒宵因集會，柱史話先生。身愛無一事，心期往四明。十字贊司業超逸在古無上。松枝影摇動，石磬響寒清。誰伴南齋宿，月高霜滿城。

哭張籍

精靈歸恍惚，詩人關係。石磬韻曾聞。即從前詩來。即日是前古，誰人耕此墳。舊遊孤櫂遠，故域九江分。與哭東野詩五六同意。本欲蓬瀛去，餐芝御白雲。以溯作結，亦是不結之結。

○張、賈雖兩派，其性情相關處要無二致，故須合訂。

靈準上人院

掩扉當太白，臘數等松椿。禁漏來遥夜，山泉落近鄰。經聲終卷曉，草色幾芽春。海內知名士，交遊準上人。直結得古致。

寄柳舍人宗元

格與功俱造，何人意不降。一宵三夢柳，孤泊九秋江。擢第名重列①，沖天字幾雙。尖酸。誓爲仙者僕，側執馭風幢。即執鞭欣慕之意，而寫來入畫。

○所以推崇柳州者至矣，然亦止贊其文筆才力而不及其他，即是有識處。

【校】

①擢，咸豐本作「高」。

寄宋州田中丞

古郡近南徐，關河萬里餘。相思深夜雨①，未答去秋書。自別知音少，難忘識面初。舊山期已久，門掩數畦蔬。僻澀。

【校】

①雨，《全唐詩》作「後」。

送朱休歸劍南

劍南歸受賀，太學賦聲雄。山路長江岸，朝陽十月中。芽新抽雪茗，枝重集猿楓。卓氏琴臺廢，深蕪想徑通。

送皇甫侍御

曉鐘催早朝，自是赴嘉招。舟泊湘江闊，田收楚澤遥。雁驚起衰草，猿渴下寒條。得情尤在

「渴」字。來使黔南日，時應問寂寥。賈師一生是寂寥。

喜李餘自蜀至

迢遞岷峨外，西南驛路高。寫蜀道止一「高」字，下乃疏之。幾程尋嶮棧，獨宿聽寒濤。白鳥飛還立，青猿斷更號。此等自是不經意處。往來從此過，詞體近風騷。

王侍御南原莊

買得足雲地，地名奇。新栽藥數窠。峰頭盤一徑，「盤」字匠。原下注雙河。「注」字匠。春寺閒眠久，晴臺獨上多。高致須看「久」字「多」字。南齋宿雨後，仍許重來過①。

【校】

① 過，《全唐詩》作「麽」。

送僧

此生披衲過，在世得身閒。日午遊都市，天寒往華山。於極尋常中可想極神異，全由合寫得法也。此與寄張司業詩同意。言歸文字外，意在有無間①。仙掌雲邊樹，巢禽時出關。

【校】

①在，《全唐詩》作「出」。

送僧

大内曾持論，天南化俗行。舊房山雪在，春草岳陽生。此等思力鍊功皆非李洞以下所可造。賈集中此爲最上乘，後來未易領會。曉了蓮經義，堪任寶蓋迎。王侯皆護法，何寺講鐘鳴。

送惟一遊清涼寺

去有尋臺侶①，荒溪衆樹分。瓶殘秦地水，錫入晉山雲。秋月離喧見，可知喧中不爲見月。寒泉出定聞。可知定中未嘗聞泉。三四妙矣，五六之妙乃尤殊絶。人間臨欲別，旬日雨紛紛。

【校】

①尋，《全唐詩》作「巡」。

送烏行中還石淙別業①

寒水長繩汲，丁泠數滴翻。草通石淙脈，硯帶海潮痕。嶽色何曾遠，蟬聲尚未繁。勞思當此夕，苗稼在西原。

【校】

①《全唐詩》題作「送烏行中石淙別業中」。

代舊將

舊事説如夢，誰當信老夫。戰場幾處在，部曲一人無。彌淡彌永。落日收疲馬①，晴天曬陣圖。後半仍是本體。猶希聖朝用，自鑷白髭鬚。

【校】

①疲，《全唐詩》作「病」。

以下五首附於集後者①，龔賢訂《中晚唐詩》賈集所不載。今按其體格淺淡清妙，大不類賈生口吻，卻與張、王逼近，或浪仙少時所擬，後乃獨闢生峭之門。録之並見張、賈同宗，學者出入彼此，互見不妨。

【校】

①嘉慶本、咸豐本均實爲四首。

春行

去去行人遠，塵隨馬不窮。旅情斜日後，一拍可念。春色早煙中。一指如歷。愈淡愈永。流水穿空館，閒花發故宫①。舊鄉千里思，池上緑楊風。

【校】

① 閒，咸豐本作「間」。

早行

早起赴前程，鄰雞尚未鳴。主人燈下别，羸馬暗中行①。此即發難顯。踢石新霜滑，穿林宿鳥驚。水部句。遠山鐘動後，曙色漸分明。

① 羸，咸豐本、《全唐詩》作「羸」。

送人南歸

分手向天涯，從古通。迢迢泛海波。雖然南地遠，見説此人多①。山暖花常發，秋深雁不過。炎方饒勝事，此去莫蹉跎。

【校】

① 此，《全唐詩》作「北」。

清明日園林寄友人

今日清明節，園林勝事偏。晴風吹柳絮，新火起厨煙。杜草開三逕，文章憶二賢。即羊、求二賢。幾時能命駕，對酒落花前。結率意。

李洞

洞字才江，京兆人，諸王孫也。慕賈島爲詩，鑄其像，事之如神。時人但誚其僻澀，不能賞其奇峭，惟吴融稱之。昭宗時，不第遊蜀，卒。詩三卷。按融字子華，越州人。龍紀進士，累晉户部侍郎。昭宗反正，造次草詔，無不稱旨。有《唐英集》三卷，與韓致光齊名。《北夢瑣言》：洞三榜，裴贄第二榜策，夜簾前獻詩云：「公道此時如不得，昭陵慟哭一生休。」尋卒蜀中。贄無子，人謂屈洞所致。

懷民按，才江無古詩，五七律及絶句、長排俱師閬仙，五言尤逼肖，一字一句必依賈生格式。當其得意，幾於緑玉楮葉。而負性孤僻，筆端峭直，實由天授，非他人所能及。惜生也晚，不能如朱慶餘之遇水部，落拓終身，抱鬱以卒。然其誠心鑄像，克肖厥師，宜有閬仙神助，即亦不啻朱君之受律格也。推爲上入室，學者不得與唐末詩體同論。

贈唐山人

垂鬟長似髮，七十色如鷖。人奇語奇。醉眼青天小，吟情太華低。不言眼大而曰天小，不言情高而曰華低，正是善於用筆處。千年松繞屋，半夜雨連溪。二句正得燕本格力①。邛蜀路無限，往來琴獨攜。

【校】

① 燕，咸豐本作「無」。

送雲卿上人游安南

春往海南邊，秋聞半夜蟬。言自春歷秋也。鯨吞洗鉢水，犀觸點燈船。力搜奇險，何必真見，確如真也。島嶼分諸國，星河共一天。偏於此處説，妙。長安卻迴日，松偃舊房前。

鄭補闕山居

高節諫垣客，白雲居靜坊。馬飢餐落葉，鶴病曬殘陽。清瘦得燕本之髓。野霧昏朝燭，溪牋惹御香。相招倚蒲壁，論句夜何長。

送曹郎中南歸時南中用軍①

桂水淨和天，南歸似謫仙。繫條輕象笏，買布接蠻船。此對句尤妙。海氣蒸鼙軟，江風激箭偏。罷郎吟亂裏，帝遠豈知賢。

【校】

①《全唐詩》「軍」後有「中」字。

錦江陪兵部鄭侍郎話詩著棋

落葉濺吟身，會棋雲外人。海枯搜不盡，天定著常新。到家語。神箭欲透七札。月上分題遍，鐘殘布子勻。六句皆分對。忘餐二絕境，取意鑄陶鈞。結嫌頭巾氣。

○凡於人情物理透闢不可易者，乃到家語也①。故後此凡有類是者皆謂之到家語。其不到家者，顛撲易破，理不足故也。嚴滄浪言不多窮理不足以極其至，正此之謂也。

【校】

①語，咸豐本作「者也」。

送沈光赴福幕

泉齊嶺鳥飛，瀑布也。雨熟荔枝肥。南斗看應近，北人來恐稀。潮浮廉使宴，珠照島僧歸。真島師。幕下逢遷拜，何官著茜衣。閒逸。

鄠郊山舍題趙處士林亭

圭峰秋後疊，亂葉落寒墟。字先求生。四五百竿竹，二三千卷書。此從賈派變出，句法亦變，然止可偶爲之，若專以此見長則陋矣。雲深猿拾栗，雨霽蟻緣蔬。只隔門前水，如同萬里餘。

賦得送賈島謫長江

敲驢吟雪月，浪仙小像。謫出國西門。行傍長江影，愁深汨水魂。極推贊。筇攜過竹寺，琴典在花村。飢拾山松子，誰知賈傅孫。極推贊。○長江之謫豈得與屈、賈比？才江既篤好其詩，遂以鑄其人，直使與二人同列，所以爲極贊之也。

河陽道中

衝風仍躡凍，提轡手頻呵。此語未超健。得事應須早，此所感。愁人不在多。雪田平入塞，「平」字鍊。煙郭曲隨河。畫。翻憶江濤裏，船中睡蓋蓑。真島。

送知己赴濮州

中路行僧謁，郵亭話海濤。一起便捉住，想與興俱超超。劍搖林狖落，旗閃岳禽高。憑空結撰。苔長空州獄，花開夢省曹。此人必由省郎出也，然題中亦不必補注。濮陽流政化，一半布風騷。

送行脚僧

瓶枕繞腰垂，匠出古怪。出門何所之。毳衣霑雨重，字匠。椶笠看山攲。字匠。夜觀入枯樹，「入」字妙。野眠逢斷碑。「逢」字尤妙。鄰房母淚下，相課別離詞。

○此等想頭後人俱錯過，由不解古人格律也。

送安撫從兄夷偶中丞

奉詔向軍前，朱袍映雪鮮。畫一筆。河橋吹角凍，嶽月卷旗圓。極追賈師，並用其韻調。僧救焚經火，人修著釣船。妙以此二句寫安撫。六州安撫後，萬户解衣眠。

送遠上人

海嶽兩無邊，去來都偶然。齒因吟後冷，心向靜中圓。禪悦積習。蟲網花間井，鴻鳴雨後天。葉書歸舊寺，應附載鐘船。

宿鳳翔天柱寺窮易玄上人房

天柱暮相逢，吟思天柱峰。墨研青露月，茶吸白雲鍾[①]。臥語身粘蘚，行禪頂拂松。探玄爲一訣[②]，明日去臨邛。

【校】

① 鍾，《全唐詩》作「鐘」。

② 訣，《全唐詩》作「決」。

下第送張霞歸覲江南

此道背於時，得此五字，入古人不難矣。攜歸一軸詩。樹沉孤鳥遠，風逆蹇驢遲。苦寫逼真。草入吟房壞，苦思至此。潮衝釣石移。苦思至此。匠出荒色，正爲下第致感。恐傷歡覲意，半路摘愁髭。苦思至此。歸覲如此點情感尤深。

〇此等以下第爲主而歸覲帶言之。若泛作思親腐語，則八寸三頭巾人人可戴矣。

送人之天台

行李一枝藤，高絶。雲邊扣曉冰①。冷絶。丹經如不謬，白髮亦何能。淺井仙人鏡，明珠海客燈。乃知真隱者，笑就漢廷徵。

【校】

① 扣曉，《全唐詩》作「曉扣」。

送張喬下第歸宣州

詩道世難通，歸寧楚浪中。早程殘嶽月，夜泊隔淮鐘。一鏡隨雙鬢，全家老半峰。無成來往過，折盡謝亭松。

送盧郎中赴金州

雲明天嶺高，刺郡輟仙曹。危棧窺猿頂，勝對句。公庭掃鶴毛。「頂」「毛」二字何處著想？出軍青壁鎛，話道白眉毫。遠集歌謡客，州前泊幾艘。

山寺老僧

雲際衆僧裏，獨攢眉似愁。匠。護茶高夏臘，愛火老春秋。海浪南曾病，河冰北苦遊。歸來諸弟子，白徧後生頭。

同僧宿道者院

攜文過水宿，拂席四廊塵。墜果敲樓瓦，高螢映鶴身。此間有三高人在。點燈吹葉火，談佛悟山人。盡有棲霞志，好謀三教鄰。○此等題若在後人必極求切合儒釋道以爲制勝，不知正是俗泛。看他著意仍在賦此清境，而三教意至後半始略及之，乃正見格法之高。

古柏

手植知何代，年齊偃蓋松。結根生别樹，吹子落鄰峰。「古」字神妙。言古而高大可知，然寫高大處卻用加倍法，無一常意。古榦經龍嗅，意奇。高煙過雁衝。意新。可佳繁葉盡，聲不礙秋鐘。

避地冬夜與二三禪侶吟集茅齋

四海通禪客，搜吟會草亭。撚髭孤燭白，閉目衆山青。「雲生閉目中」又翻出此句。松挂敲冰杖，鑪温注月瓶。獨愁懸舊旆，笏冷立殘星。

弔草堂禪師

杖屨疑師在，房關四壁蛬。貯瓶經臘水，從「銅瓶結夜澌」來，勝「殘踪傍野泉」。響塔隔山鐘。從「窗度雪樓鐘」來，勝「層塔當松吹」。乳鴿沿苔井，齋猿散雪峰。寫得猿有淚。如何不相接①，倚偏寺前松。

○自是學本師《哭宗密禪師》之作，然亦不專此首，惟「齋猿散雪峰」句從「惟嗟聽經虎」一結化出，遂各成其妙。此所以爲善學也。

【校】

①相接，《全唐詩》作「見性」。

秋宿經上人房

江房無葉落，松影帶山高。滿寺中秋月，孤窗入夜濤。四句寫淨境，有妙繪不能傳者。舊真懸石壁，衰髮落銅刀。鍊字遒響。此地著此二語格法高絶。卧聽曉耕者，與師知苦勞。

喜鸞公自蜀歸

禁院對生臺，尋師到緑槐。寺高猿看講，「看」字妙。鐘動鳥知齋。「知」字妙。掃石月盈箒，濾泉花滿篩。歸來逢聖節，吟步上堯階。

江峽寇亂寄懷吟僧

半錫探寒流，别師猿鶴洲。二三更後雨，四十字邊秋。變調，不可專以此見長。立塞吟霞石，敲虀看雪樓。扶親何處隱，驚夢入嵩丘。

送人歸覲河中

青門塚前别，道路武關西。有寺雲連石，無僧葉滿溪。河長隨鳥盡，山遠與人齊。絶妙畫訣。覲省波濤縣，寒窗響曙雞。

○後人不省，必謂前後七句與歸覲何涉。

中秋月

四十五秋宵，刻算太分明。月分千里毫。陰沉嵩岳短①，光溢太行高。極意寫然卻似難如此分別。不寐清人眼，移棲濕鶴毛。只此五字不能捨去此詩。露華臺上別，吟望十年勞。

【校】

① 陰，《全唐詩》作「冷」。嵩，《全唐詩》作「中」。

周賀

賀字南卿，東洛人。初爲浮屠，名清塞。杭州太守姚合愛其詩，加以冠巾，改名賀。懷民按，南卿無古體，七言亦不多，五律六十餘篇，皆學賈長江，工力悉敵。周、賈同時，其出身由浮屠並同無本，或亦猶水部之與司馬也。檢選諸賢，定爲入室。

送耿山人歸湖南

南行隨越僧，別業幾池菱。故求尖刻。與「行李一枝藤」同一高致。兩鬢已垂白①，五湖歸挂罾。清響戛然。夜濤鳴柵鎖，寒葦露船燈。去此應無事，卻來知不能。

○長江集中亦是傑作。

【校】

① 白，咸豐本作「雪」。

送省己上人歸太原

惜别聽邊漏，窗燈落燼重。寒僧迴絶塞，夕雪下窮冬。峭如峰，利如劍。出定聞殘角，休兵見壞鋒。奇險。何年更來此，老卻倚階松。

○此篇具見力量，與賈師《送霄韻》篇正在伯仲之間，餘子皆在下矣。

出關寄賈島

舊鄉無子孫，誰共老青門。迢遞早秋路，别離深夜村。伊流偕遠客①，岳響答啼猿。「響」學賈者必好用，「岳」字亦奇。去後期招隱，何當復此言。

【校】

① 遠，《全唐詩》作「行」。

暮冬長安旅舍

湖外誰相識，思歸日日頻。遍尋新住客，少見故鄉人。此學其「舊國别多日，故人無少年」等句。失計空知命，勞生恥爲身。此等見唐人安身立命處，乃作詩之骨也。陶淵明之詩獨高千古，亦於此等求之。惟看洞庭樹，即是舊山春。

贈胡僧

瘦形無血色，極畫高奇，亦加倍寫①。草屨著行穿。閒話似持咒，妙匠。不眠同坐禪。妙匠。背經來漢地，袒膊過冬天。情性人難會，遊方應信緣。

○與水部雖兩派，而體例無二，學者辨之。

【校】

① 咸豐本無「寫」字。

同朱慶餘宿翊西上人房

溪僧還共謁，相與坐寒天。屋雪凌高燭，山茶稱遠泉。夜清更徹寺，空闊雁銜煙。莫怪多時話，重來又隔年。

休糧僧

一齋難過日，况是更休糧。養力時行道，聞鐘不上堂。説得妙。唯留温藥火，未寫化金方。

舊有山厨在，從僧請作房。妙。

宿開元寺樓

西峰殘日落，誰見寂寥心。風骨稜稜，突過長江。孤枕客眠久，兩廊僧話深。此與賈師「雲山僧説深」「深」字又别。「雲山」句是極寫興會，「兩廊」句是極寫寂寥。寒扉關雨氣，風葉隱鐘音。愛此東樓望①，仍期别夜尋。

【校】

①愛此，《全唐詩》作「此愛」。

送僧還南岳

辭僧下水棚①，因夢嶽鐘聲。直是賈句。遠路獨歸寺，幾時重到城。風高塞葉落②，雨絶夜堂清。自説深居後，鄰州亦不行。

【校】

①棚，《全唐詩》作「栅」。

②塞，《全唐詩》作「寒」。

山居秋思

一從雲水住，曾不下西岑。落木孤猿在，秋庭積霧深。此清塞真也。泉流通井脈，蟲響出牆陰。竟似有意襲「蟲響出秋疏」句。夜靜溪聲徹，寒燈尚獨吟。清寒在目。

入靜隱寺途中作

亂雲迷遠寺，入路認青松。鳥道緣巢影，僧鞋印雪踪。草煙連野燒，溪霧隔霜鐘。更遇樵人問，猶言過數峰。

贈朱慶餘校書

風泉盡結冰，寒夢徹西陵。越信楚城得，當句對。遠懷中夜興。此等妙處，難以跡求。樹停沙島鶴，茶會石橋僧。非清塞不能爲此言。寺閣連官舍，行吟過幾層。

贈王道士

藥力資蒼鬢，應非舊日身。一爲嵩嶽客，幾葬洛陽人。石縫瓢探水，雲根斧斫薪。是峭病。

關西來往路，誰得水銀銀。

冬日山居思鄉

大野始嚴凝，雲天曉色澄。樹寒稀宿鳥，山迥少來僧。清響。背日收窗雪，開爐釋硯冰。忽然歸故國，孤想寓西陵。

○峭寒。

長安送人

上國多離別，年年渭水濱。空將未歸意，説向欲行人。此卻與張水部相近。雁度池塘月，山連井邑春。臨岐惜分手，日暮一霑巾。

哭閑霄上人

林逕西風急，慘。松枝講鈔餘。凍髭亡夜剃，遺偈病時書。地燥焚身後，堂空著影初。怵劇逼真，乃至於此。弔來頻落淚，曾憶到吾廬。

○哭僧詩至此已到極處，蔑以尚矣，然不能不讓閬師《柏巖》之篇者，彼得圓寂之理甚妙，身外有身，化而不化也。此則和尚真死矣。

喻鳧

鳧，毗陵人，登開成五年進士第，終烏程尉。

懷民按，喻鳧專攻五言近體，前輩謂其效賈島爲詩，人稱之賈喻，今觀之信不虛也。然宋人所推如「木落山城出，潮生海棹歸」「硯和青靄凍，簾對白雲垂」，唐人推其「滄洲違釣隱，紫閣負僧期」，今集皆不載，固知散失多矣。姑就所存詩，推爲入室二人。

懷書①

祇是守琴書，僧中獨寓居。心唯務鶴靜，分合與名疏。對法斟酌得妙。暮雨啼螿次，涼風落木初。家山太湖淥，歸去復何如。

【校】

①《全唐詩》題作「書懷」。

懷鄉

秋風江上家，三字古質，時人不肯下即不能下。釣艇泊蘆花。斷岸緑楊蔭，疏籬紅槿遮。二句易能，然畫鄉景如目前。鼉鳴積雨窟，此句尤佳。鶴步夕陽沙。二語所謂發難顯，聲與象之外，有情不盡。抱疾僧窗夜，歸心過月斜。二句方叙明「懷」字，古拙得妙。

得子姪書

遠書來阮巷，闕下見江東。用意學長江。不得經史力，枉抛耕稼功。看此心境，豈以浮榮絆者？雁天霞脚雨，漁夜葦條風。無復琴杯興，開懷向爾同。

○二詩五六皆宋人傳句，而愚尤愛前聯，蓋後聯則好者衆矣，然情景亦最真切，無一字俗諦。

龍翔寺居喜胡權見訪因宿

林棲無異歡，煮茗就花欄。雀啅北岡曉，僧開西閣寒。意亦尋常，牙齒間不同。衝橋二水急，扣月一鐘殘。此等反成賈生累句。明發還分手，徒悲行路難。

○朱子謂江西派中吕紫薇詩欲字字響，某謂吕詩尚未見得，若老喻詩乃真字字響。此詩可按也。

一公房

幽深誰掩關，清淨自多閒。一雨收衆木，孤雲生遠山。天造之句。花萎緑苔上，鴿乳翠樓間。嵐靄燃香夕，容聽半偈還。

岫禪師南溪蘭若

錫影配賈字。瓶光，孤溪照賈字。草堂。水懸鍊字。青石磴，鐘動鍊字。白雲牀。樹色含殘雨，河流帶夕陽。唯應無月夜，瞑目見他方。禪理最要得實。

夏日題岫禪師房

朝朝磬聲罷①，童子掃藤陰。花過少游客，日長無事心。看他對法可知變化，不如時人所説差一個字半個字也。迴山閉院直，落水下橋深。安得開方便，容身老此林。

【校】

① 磬聲，《全唐詩》作「聲磬」。

酬王檀見寄

馳心棲杳冥，何物比清泠。夜月照巫峽，秋風吹洞庭。與島師「秋風吹渭水」二句相媲而少次之，自是不甚用力處。或乃張皇爲盛唐，陋甚！賈、喻爭勝處卻在此等。酬難塵鬢皓，坐久壁燈青。可想見其原詩。竟晚蒼山詠，喬枝有鶴聽。

○設想屬詞無一不肖。

呈薛博士

辛勤長在學，一室少曾開。時憶暮山寺，獨登衰草臺。名期五字立，迹愧九年來。此意今聊寫，還希君子哀。後半真摯可感。

冬日寄友人

空爲梁甫吟，誰竟是知音。風雪坐閒夜，鄉園來舊心。二句讀之令人愀然、惘然、突然、憮然。是何妙筆，能寫得如此！「坐」字已高，「來」字更奇，確誰能下？滄江孤棹迥，字妙。落日一鐘深。字尤妙。君子久忘我，悠然年鬢侵①。

○身世之感、羈遊之況盡此中矣。

【校】

① 悠然年鬢侵，《全唐詩》作「此誠甘自沉」。

寺居秋日對雨有懷

倏倏復霰霰①，黄葉此時飛。隱几客吟斷，鄰房僧話稀。匠出寥闃。似從清塞「孤枕客眠久，兩廊僧話深」翻出，而此尤多情感。鴿寒棲樹定，螢溼在窗微。即事瀟湘渚，漁翁披草衣。

【校】

① 倏倏，《全唐詩》作「修修」。

游雲際寺

澗壑吼風雷，禪關絶頂開①。閣寒僧不下，「下」字。鐘定虎常來。字字響，當從百鍊來。起句是實賦，次聯卻是虛寫。若謂當晚果遇得一隻虎來，則真鈍材矣，真高叟之爲詩矣。鳥啄林梢果，鼯跳竹裏苔。心源無一事，塵界擬休回。

【校】

① 禪關，《全唐詩》作「香門」。

題翠微寺

沿溪又涉嶺①，始喜入前軒。鐘度鳥沉壑，殿扃雲溼幡。涼泉墮衆石，古木徹疏猿。「徹」字字法。月上僧初定②，斯遊豈易言。

【校】

① 嶺，《全唐詩》作「巔」。

② 初定，《全唐詩》作「階近」。

贈李商隱

羽翼恣搏扶，山河使筆驅。一「使」字便是賈。月疏吟夜桂，龍失詠春珠。意常，鍊來卻大奇。其所以切義山處亦無極矣。草細盤金勒，花繁倒玉壺。鱗甲中珠。徒嗟好章句，無力致前途。

○句句切西崑。

贈張濆處士

露白覆棋宵，林青讀《易》朝。道高天子問，名重四方招。對法超。許鶴歸華頂，妙似鶴前屢請而未許者。期僧過石橋。看他次句對，不知用如何奇幻，卻止如此尋常語。蓋此尋常語者以見凡極奇幻之境皆作尋常視之也。閬仙詩如「鶴似君無事，風吹雨遍山」多用此法，而世俗不知耳。雖然在京國，心跡自逍遥。

曹松

松字夢徵，舒州人。學賈島爲詩，久困名場。至天復初，杜德祥主文，放松及王希羽、劉象、柯崇、鄭希顔等及第，年皆七十餘，時號五老榜。授秘書省正字。

懷民按，夢徵刻苦深思，老志不衰，氣骨已不可及，其學賈氏，亦專攻近體。雖生末世，詩格不以氣運而降。奉爲入室，與喻畋陵伯仲焉。

崇義里言懷

馬蹄京洛岐，復此少閒時。老積滄洲夢，秋乖白閣期。平生五字句，一夕滿頭絲。把向侯門去，侯門未可知。

貽世

富者非義取，樸風爭肯還。紅塵不待曉，白首有誰閒。到家語。淺度四溟水，平看諸國山。

只消年作劫，俱到總無間。

○浮世勞勞，真是可笑，然先生必欲登五老榜，是又何心？

南遊

直到南箕下，方諳漲海頭。學賈者必是進一層。君恩過銅柱，此「恩」字不必泥，不過言化遠耳①。戎節限交州。犀占花陰卧，波衝瘴色流。遠夷非不樂，自是北人愁。無意不搜。

【校】

① 化，咸豐本作「北」。

言懷

冥心坐似癡，寢食亦如遺。爲覓出人句，祗求當路知。質言之，更無少回護，便見其真氣。豈能窮到老，未信達無時。此道須天付，三光幸不私。可知求榮處皆如青天白日之清明，不肯以詭遇也。

○鑿險闢空，揉碎筋骨，千古夢夢，良可浩嘆。然足見古人氣骨，足知唐人詩學後世斷不能及也。

答匡山僧贈榔栗杖①

栗杖出匡頂，百中無一枝。雖因野僧得，猶畏嶽神知。奇絶、高絶、妙絶。水部則云「得自高僧手，將扶病客身」矣。晝月冷光在，指雲秋片移。鍊字不免涉纖尖，然僻冷性情如見。宜留引蹇步，他日訪峨嵋。

【校】

① 榔，《全唐詩》作「椰」。

商山夜聞泉

瀉月聲不斷，坐來心益閒。字妙。無人知落處，萬木冷空山。此等空闊疏宕正從極研鍊中來，不可不知。此對法亦仍是本體，不知者張皇初、盛，乃目論爾。遠憶雲容外，「雲容」字可厭。幽疑石縫間。那辭通曙聽，明日度藍關。

書懷

默默守吾道，望榮來替愁。「望」「替」字法可憐，「替」字似尖卻穩妥。吟詩應有罪，當路卻如讎。憤極之詞，無怪其然。陸海儻能溺①，九霄爭便休。敢言名譽出，天未白吾頭。死而後已，至死不變，同一毅氣。○唐人所業者不過詩句，然其心骨詣力堅確不易，此亦聖門强矯之徒也。故其氣盛而詞抗，不可磨滅。

【校】

① 能，《全唐詩》作「難」。

道中

出門嗟世路，何日樸風歸。是處太行險，此身應解飛①。主人厚薄禮，客子故新衣②。十字中括盡萬千。所以澆浮態，此等接落太質直，卻不可爲訓。多令行者違。

【校】

① 此身，《全唐詩》闕二字。

② 故新，《全唐詩》作「新故」。

晨起

曉色教不睡，捲簾清氣中。林殘數枝月，髮冷一梳風。並鳥含鐘語，欹荷隔霧空。莫疑營白日，道路本無窮。

○篇中鍊字法都涉尖纖，而僻冷之性、閒闃之境一一能狀出。

山中寒夜呈許棠①

山寒草堂暖，寂寂有良朋②。讀《易》分高燭，煎茶取折冰。庭垂河半角，窗露月微稜。「寒」字。俱入詩心地③，爭無俗者憎。暫極刻苦暫絶圓熟，俗人口吻腸胃斷吃不下也，安得不憎哉。

【校】

①《全唐詩》題作「山中寒夜呈進士許棠」。

②寂寂，《全唐詩》作「寂夜」。

③詩，《全唐詩》作「論」。

鍾陵野步

岡扉聊自啓，信步出波邊。野火風吹闊，春冰鶴啄穿。渚檣齊驛樹，山鳥入公田。閒妙。此時安得有公田？聊借成好句耳。人知三四之鍊，不知五六之妙。未創孤雲勢，「創」字再考。空思白閣年。

觀山寺僧穿井

雲僧鑿山井，寒碧在中庭。先放一句，格法。況是分巖眼，同來下石瓶。旁痕終變蘚，逆想遠而確。圓影即澄星。現匠妙以真。異夜天龍蟄，應聞説葉經。極奇險卻極平實，學賈上乘。

○此等題不學長江無處著手。

訪山友

一逕通高屋，重雲翳兩原。「翳」字用賈生。山寒初宿頂，泉落未知根。「頂」「根」二字全用賈而各成其妙。此等鍊句直與賈師伯仲，亦惟賈門擅此法力。急雨洗荒壁，驚風開靜門。聽君吟廢夜，苦卻建溪猿。

猿

曾宿三巴路，今來不願聽。雲根啼片白，峰頂擲尖青。二句下三字過鍊有病，然不可改矣。護果憎禽啄，棲霜覷葉零。五字匠物傳神。古云惟魚知魚，松其猿乎？唯應卧嵐客，憐爾傍巖扃。

秋日送方干遊上元

天高淮泗白，料子趨修程。汲水疑山動，揚帆覺岸行。傳句不虛。雲離京口樹，雁入石頭城。遠，妙。後夜分遥念，諸峰霜露生。

山中言事

嵐靄潤窗櫺，吟詩得冷癥。自叙奇妙。「冷癥」字樣奇，令人失笑。教餐有效藥，多愧獨行僧。雲溼煎茶火，冰封汲井繩。傳句不虛。片扉深著掩，經國自無能。本意甚遠。

山中

此地似商嶺，雲霞空往還。衰條難定字法。鳥，缺月易依字法。山。傳句不虛。野色耕不盡，溪容釣自閒。分因多卧退，百計少相關。

寄崇聖寺僧

不醉長安酒，冥心只似師。望山吟過日，伴鶴立多時。溝遠流聲細，林寒緑色遲。字深妙。

庵西蘿月夕，重約語空期。

○須具此性情，乃可學唐賢詩，不獨長江、水部也。讀者留意。

都門送許棠東歸

舊客東歸遠，長安詩少朋。去愁分磧雁，行計逐鄉僧。高致可想。學賈少「僧」字不得。華岳無時雪，黄河漫處冰。知辭國門路，片席認西陵。

塞上

邊寒來處闊①，此句再考。今日復明朝。河凌去聲。堅通馬，胡雲缺見鵰。砂中程獨泣，鄉外隱誰招。迴首若經歲，靈州生柳條。

【校】

①處，《全唐詩》作「所」。

題甘露寺

香門接巨壘，畫角間清鐘。北固一何峭，西僧多未逢①。天垂無際海，雲白久晴峰。生造。

旦暮燃燈外，濤頭振蟄龍。

【校】

① 未，《全唐詩》作「此」。

吊賈島二首抄一

先生不折桂，謫去抱何冤。已葬離燕骨，難招入劍魂。旅墳低卻草①，稚子哭勝猿。冥寞如搜句，宜邀賀監論。賈詩何能當李白？而謂宜邀賀論者，則亦可以泣鬼神矣。此與李洞皆極推贊之也。

【校】

① 卻，《全唐詩》作「郤」。

馬戴

戴字虞臣，會昌四年進士第。宣宗大中初，太原李司空辟掌書記，以正言被斥爲龍陽尉。懿宗咸通末，佐大同軍幕，終太學博士。按戴未詳何處人。

懷民按，虞臣詩今昔咸推爲晚唐之最。馬與賈、姚同時，其稱晚唐猶錢、劉之稱中唐也。詩亦近體多於古體，短律富於長律。筆格視賈氏稍開展，而體澀思苦，致極幽清，誠亦賈門之高弟也。斷爲升堂第一。

寄終南真空禪師

閒想白雲外，了然清淨僧。松門山半寺，夜雨佛前燈。此等時人尚易道好。此境可長住，浮生自不能。一從林下別，瀑布幾成冰。

○全是賈生氣息。

楚江懷古三首

露氣寒光集，微陽下楚丘。猿啼洞庭樹，人在木蘭舟。意景較寬，聲響較大，不知者認爲初、盛，勝賈、喻也。廣澤生明月，蒼山夾亂流。何必是楚江，確是楚江。雲中君不降，竟夕自悲秋。

二

驚鳥去無際，寒蛩鳴我傍。蘆洲生早霧，蘭隰下微霜。列宿分窮野，空流注大荒。何必是楚江，確是楚江。看山候明月，聊自整雲裝。一結淒氣。

三

野風吹蕙帶，驟雨滴蘭橈。屈宋魂冥寞，江山思寂寥。陰霓侵反景①，海樹入迴潮。二句發難顯。欲折寒芳薦，明神詎可招。

○鍊字之工，全得閬仙生拗之趣。

【校】

①反，《全唐詩》作「晚」。

早發故園

語別在中夜，登車離故鄉。曙鐘寒出岳，殘月迴凝霜。置之賈集中遂無以别。風柳條多折，沙雲氣盡黄。閒句尤似。行逢海西雁，零落不成行。

宿翠微寺

處處松陰滿，樵開一逕通。鳥歸雲壑静，「静」字易下。僧語石樓空。「空」字難下。此賈生未道之句。積翠含微月，遥泉韻細風。經行心不厭，憶在故山中。

送僧歸金山寺

金陵江色裏①，蟬急向秋分。迴寺横洲島，歸僧渡水雲。畫。夕陽依岸盡，清磬隔潮聞。遥想禪林下，鑪香帶月焚。

【校】

① 江，《全唐詩》作「山」。

送人遊蜀

別離楊柳陌，迢遞蜀門行。若聽清猿後，應多白髮生。虹蜺侵棧道，風雨雜江聲。或問何不學老杜而學中晚，曰：試看此等，正是與杜同撰力。過盡愁人處，煙花是錦城。

宿無可上人房

稀逢息心侶，細話遠山期。河漢秋深夜，杉松露滴時①。風傳林磬久②，「久」字繪聲。月掩草堂遲。「遲」字繪色。坐卧禪心在，浮生皆不知。

【校】

①松，《全唐詩》作「梧」。

②久，《全唐詩》作「響」。

灞上秋居

灞原風雨定，晚見雁行頻。落葉他鄉樹，寒燈獨夜人。空園白露滴，孤壁野僧鄰。極寫荒僻。寄卧郊扉久，何門致此身。結應在此。

○意興孤僻，純是賈想。

江亭贈别

長亭晚送君，秋色渡江濆。衰柳風難定，寒濤雪不分。虚實對妙。猿聲離「離」字。楚峽，帆影入「入」字。湘雲。獨泛扁舟夜，山鐘可卧聞。

寄剡中友人

故人今在剡，秋草意如何。嶺暮雲霞雜，潮迴島嶼多。「雜」字「多」字俱妙。沃洲僧幾訪，天姥客誰過。歲晚偏相憶，風生隔楚波。

贈别空公

雲門秋卻入，微徑久無人。起調用閬仙格。後夜中峰月，空林百衲身。定虞臣爲賈派，正以此等。寂寥寒磬盡，盥漱瀑泉新。履跡誰相見，松風掃石塵。

客行

路岐長不盡，客恨杳難通。蘆荻晚汀雨，柳花南浦風。亂鐘嘶馬急，殘日半帆紅。此等時人尚易道好。卻羡漁樵侶，閒歌落照中。

落日悵望

孤雲與歸鳥，千里片時間①。念我一何滯，辭家久未還。微陽下喬木，遠色隱秋山。臨水不敢照，恐驚平昔顏。

○六朝已有此題，感極深，格調直與工部爭衡，故謂賈師源出老杜也。

【校】

①閒，《全唐詩》作「間」。

送顧非熊下第歸江南

無成西別秦，返駕江南春。草際楚田雁，舟中吳苑人。殘雲挂絕島，迥樹入通津。想到長洲日，門前多白蘋。此即見下第意。

遠水

蕩漾空沙際，虛明入遠天。秋光照不極，寫秋光正是寫水。鳥影去無邊。寫鳥影正是寫水。狀「遠」

字入骨。勢引長雲斷，波輕片雪連。汀洲杳難到，萬古覆蒼煙。

○與項子遷《遠水》詩同看，便知張、賈之别。

夕發邠寧寄從弟

半酣走馬别，别後鎖邊城。皮毛都不修飾，卻得神理。日落月未上，鳥棲人獨行。極常極淡語中有深情深味。方馳故國戀，復愴長年情。入夜不能息，何當閒此生。

送吕郎中牧東海郡

假道經淮泗，檣烏集隼旟。蕪城沙荻接，波島石林疏。海鶴空庭下，官之清可想。夷人遠岸居。民之安可想。山鄉足遺老，佇聽薦賢書。

霽後寄白閣僧

蒼翠霾高雪，西峰鳥外看。賈「外」字。久披山衲壞，「壞」字如何下？孤坐石牀寒。「寒」字似不難下，然在「坐」字下卻又妙也。賈云「禪定石牀暖」，此云「孤坐石牀寒」，一牀也而寒暖分妙不相妨。盥手水泉滴，燃燈夜燒殘。終期老雲嶠，煮藥伴中餐。

寫出真得道人。

關山曲二首

金甲耀兜鍪，黄金拂紫騮。叛羌旗下戮，陷壁夜中收。寫出如見。霜霰戎衣月，關河磧氣秋。箭瘡殊未合，更遣擊蘭州。

二

火發龍山北，中宵易左賢。勒兵臨漢水，驚雁散胡天。水落防河急①，軍孤受敵偏。字法。猶聞漢皇怒，按劍待開邊。結稍帶諷興。

○有力量有識見，賈生集中未見，然讀此可以補其闕。此學老杜耶，抑學岑嘉州耶？都不是，只要寫生，讀者遂如親歷。

【校】

①水，《全唐詩》作「木」。

塞下曲二首

旌旗倒北風，霜霰逐南鴻。夜救龍城急，朝焚虜帳空。寫生如見。骨銷金鏃在，鬢改玉關中。

對法變。卻想羲軒代①，無人尚戰功。結稍帶感慨。

【校】

①代，《全唐詩》作「氏」。

二

廣漠雲凝慘，日斜飛霰生。燒山搜猛獸，伏道擊迴兵。包括而曲盡，全是撰力，全是鍊功。風折旗竿曲，「曲」字匠出風。沙埋樹杪平。「平」字匠出沙。黄雲飛旦夕，偏奏苦寒聲。

○此等詩不得不推少陵爲宗矣。

寄西岳白石僧

挂錫中峰上，經行踏石梯。雲房出定後，岳月在池西。空明刻苦。峭壁殘霞照，攲松積雪齊。年年著山屐，曾得到招提。

懷故山寄賈島

心偶羡明代，學詩觀國風。自從來闕下，未勝在山中。可知詩人懷抱性格。未第則曰「何門致此身」，及第則云「未勝在山中」，豈非多事？卻見唐賢高處。丹桂日應老，白雲居久空。誰能謝時去，聊與此生同。唐人學問半參佛氏。

○唐人力求一官，若曹夢徵所謂「望榮來替愁」者，即老杜獻大禮賦、老韓上宰相書，都是一般心腸。乃既得之後，卻甚淡然。如杜之《曲江》諸什、韓之《朝歸》等篇，及虞臣此詩，可見胸次清超，原不同後代之士專爲榮官起見也。

山中寄姚合員外

朝與城闕别，暮同麋鹿歸。鳥鳴松觀靜，此「靜」字與「雲壑」句又不同。人過石橋稀。木葉摇山翠，泉痕入澗扉。敢招仙署客，暫此拂朝衣。高致。

晚眺有懷

默默抱離念[1]，曠懷成怨歌。高臺試延望，落照在寒波。與「秋風生渭水，落葉滿長安」同看。此地芳草歇，舊山喬木多。悠然暮天際，但見鳥相過。

○此與《落日悵望》詩皆寓深感，味之無盡。古人詩寫景必有情在，故即其詩可以想見其人，想見其生平，想見其時世。孟子曰：「是以論其世也，是尚友也。」可謂善讀矣。然亦必其中原有感寓，若近今人作詩，衹圖眼前塗抹點綴，人人可以通用，何足爲後來之追想哉！此不惟唐詩也，自《三百篇》後若漢魏六朝，唐之後若五代、宋、南宋無不皆然。故皆不可滅没。金元以後，或離或合矣，然其卓卓者亦必主乎此。聊於此發凡云②。

【校】

①默默，《全唐詩》作「惻惻」。

②聊，咸豐本作「故」。

隴上獨望

斜日挂邊樹，蕭蕭獨望間。陰雲藏漢壘，飛火照胡山。隴首行人絶，河源夕鳥還。塞境如到。誰爲立勳者，可惜寶刀閒。

裴説

説，天祐三年登進士第，官終禮部員外郎。

懷民按，説亡其字，行事亦不甚可考。遺文之存者，五律外惟絶句六首、古體三章而已，他如「苦吟僧入定，得句將成功」「瘦肌寒帶粟，病眼餒生花」「雪留寒竹寺舍冷，風撼早梅城郭香」等句見諸他書者不一而足，其全篇皆不可得。遺跡消亡，良可浩嘆。今讀其詩，風骨矯矯，宜學賈氏有得者，其峭削微不及周、喻諸君，而沉刻過之。位馬虞臣下，爲升堂之次。

塞上曲

極目望空闊，馬羸程又賒。月生方見樹，風定始無沙。寫邊塞如見。「方」字「始」字可知終日有沙，常不見樹也。楚水辭魚窟，燕山到雁家。二字奇、確、妙。如斯名利役，爭不老天涯。

漢南郵亭

高閣水風清，開門日送迎。帆張獨鳥起，樂奏大魚驚。驟雨拖山過，微風拂面生。閒吟雖得句，留此謝多情。

過洞庭湖

浪高風力大，挂席亦言遲。及到堪憂處，爭如未濟時。二句深入，妙能顯出。細思之不過極寫其闊極寫其險耳。魚龍侵莫測，雷雨動須疑。此際情無賴，將何寄所思①。○亦用加倍寫法，正是寄託無限。

【校】

① 將何，《全唐詩》作「何門」。

旅中作

行路非不厭①，其如飢與寒②。直説，是古情。投人言去易，開口到貧難③。此中有壁立萬仞之概，學者當認得。澤國雲千片，湘江竹萬竿④。時明未忍别，猶待計窮看。骨力嶄然，與陶淵明「卓爲霜下傑」出處不同，負性則一。

○此所謂有個安身立命處。若後人感遇，不過自道窮苦耳。

【校】

① 行路非不厭，《全唐詩》作「妄動遠抛山」。

② 飢，《全唐詩》作「餒」。

③ 到，《全唐詩》作「説」。

④ 萬，《全唐詩》作「一」。

旅次衡陽

欲往幾經年，今來意豁然。江風長借客，岳雨不因天。極確極有力氣，便已幾賈師至處。戲鷺飛輕雪，驚鴻叫亂絃①。三四傳句也，而吾尤愛此二句。每一吟之，便如身在湖湘間，煙水渺茫，百感交集也。晚秋紅藕裏，十宿寄漁船。

【校】

① 絃，《全唐詩》作「煙」。

春日寄華下同人①

正是花時節，思君寢復興。市沽終不醉，春夢亦無憑。岳面懸青雨，河心走濁冰。「懸」字「走」字鍊，似生强，正取真意。「青雨」「濁冰」則學賈而成峭病也。東門車馬路②，離恨鎮相仍。

【校】

① 日，《全唐詩》作「早」。

② 車馬，《全唐詩》作「一條」。

寄曹松

莫怪苦吟遲，詩成鬢亦絲。鬢斑猶可染①，詩病却難醫。此中有骨力在。一氣盤折，正欲爲夢徵寫照，須用加倍撰力，推重之至也。山暝雲横處，星稠月側時②。學長江。冥搜不可得，惟有夜猿知③。

【校】

① 斑，《全唐詩》作「絲」。

② 稠，《全唐詩》作「沉」。

③ 惟有夜猿知，《全唐詩》作「一句至公知」。

對雪

大片向空舞，出門肌骨寒。賈句。路岐平即易，溝壑滿應難。此等即爲歐、蘇白戰之嚆矢矣。兔穴歸時失，禽枝宿處乾。偏向空處著想。此等妙處，友人王希江擬爲白文印章，趣甚。豪家寧肯厭，五月畫圖看。此亦烘法。

夏日即事

僻居門巷靜，竟日坐階墀。鵲喜還逢信①，蛩吟不見詩。賈生累句。筍抽通舊竹，梅墜立閒枝②。要看此於冷處著筆。此際無塵擾③，僧來稱所宜④。

【校】

① 還逢，《全唐詩》作「雖傳」。

② 墜，《全唐詩》作「落」。

③ 擾，《全唐詩》作「撓」。

④ 稱，咸豐本作「稍」。

冬日後作

寂寞掩荆扉，昏昏坐欲癡。賈句。事無前定處，愁有併來時。到家語。古今如一之情，妙能寫出。日影纔添線，髭根已半絲①。明廷正公道②，應許苦心詩。

【校】

① 髭，《全唐詩》作「鬢」。

② 廷，《全唐詩》作「庭」。

冬日作

糲食擁敗絮，苦吟吟過冬。不惟詩格似賈，性情乃絶相近。稍寒人卻健，確，妙。太飽事多慵。確，妙。妙切冬日。二句卻似王仲初。樹老生煙薄，牆陰貯雪重。安能止如此，公道會相容。

華山上方

獨上上方頂①，立高聊稱心。氣衝雲易白②，影落縣多陰。有雪草不死③，無風松自吟。會當求大藥，他日復追尋。

○奇險僻澀，直作一首賈詩讀。

【校】

①頂，《全唐詩》作「上」。

②白，《全唐詩》作「黑」。

③雪，《全唐詩》作「雲」。

廬山瀑布

靜景憑高望，光分疊翠開①。日飛空際雪②，暑退伏中雷③。牙齒之利，絶似長江口吻。過去雲衝斷，旁來燒隔迴。何當住峰下，終歲絶塵埃。

①疊翠，《全唐詩》作「翠嶂」。

②日，《全唐詩》作「崄」。空際，《全唐詩》作「千尺」。

③暑退伏中，《全唐詩》作「寒撲一聲」。

不出院僧

四遠參尋徧，修行卻不行。稍尖。屐中無片跡①，門外是前生。意必造極。塔見移來影，鐘聞過去聲。一齋長默坐②，應笑我營營。

【校】

① 屐中無片跡，《全唐詩》作「耳邊無俗語」。

② 長，《全唐詩》作「唯」。

牡丹

數朵欲傾城，安同桃李榮。起筆庸常。未嘗貧處見，無理。無理正妙。不似地中生。更無理。無理更妙。礙而實通。須知礙乃逾確逾妙。如此做題抵多少魏紫姚黄腐爛語。此物疑無價，當春獨有名。遊蜂與蝴蝶，來往自多情。何嘗有心寄託。

鷺鷥

秋江清淺時，魚見亦頻窺①。倒裝句。卻爲分明極，翻令所得遲②。寓意高確。浴偎紅日色，棲壓碧蘆枝。會共鵷同侶，翱翔自可期③。

○唐人營營一第，終不肯枉道，所以每至遲暮。裴君此詩正自見品格處。

【校】

①見，《全唐詩》作「過」。

②令，《全唐詩》作「成」。

③自，《全唐詩》作「應」。

春晚送人下第①

相送短亭前，知君愚復賢。事多憑夜夢，老爲待明年。到家語。「待」字誤多少人！春樹添山脊，晴雲學燒煙②。雄文有公道，此别莫潸然。

【校】

①晚，《全唐詩》作「暖」。

②燒，《全唐詩》作「曉」。

寄貫休

憶昔與吾師，山中静論時。總無方是法，口訣。難得始爲詩。口訣。詩學之獘，正在得之易耳。陸放翁詩「俗人猶愛未爲詩」乃是就外邊説，大都求爲俗人所愛者，皆得之易者也。凍犬眠乾葉，飢禽啄病梨。僻苦。他年白蓮社，猶許重相期。

哭處默上人

淒涼繐幕下，香吐一燈分。闞老輸寒檜，「闞老」字法奇妙。留閒與白雲。「留閒」字法奇妙。挈盂曾幾度，傳衲不教焚。泣罷重回首，暮山鐘半聞。

○較《哭柏巖和尚》詩自是降一等。

旅行聞寇

動步憂多事，將行問四鄰。深山不畏虎，當路卻防人。直捷透闢是裴公法門。豪富田原廢①，疲羸屋舍新。自慚爲旅客，無計避煙塵。

【校】

① 原，咸豐本、《全唐詩》作「園」。

贈衡山令

君吟三十載①，辛苦必能官。語奇創，似乎無理。造化猶難隱，生靈豈易謾。承明理，卻極確。蓋其詩不外窮理，所以能官也。唐人作詩工夫，正是致知格物之學，其識力氣節即裕於此，故每以終身詣之，卓然自負也。此詩可謂發凡。若僅如後人率爾拈筆應酬時俗之作，乃是玩物喪志，聰明日錮，何能參造化，何能明吏治耶？猿跳高岳靜，魚擺大江寬。與我爲同道，相留夜話闌。

【校】

① 三十，《全唐詩》作「十二」。

南中縣令

寂寥雖下邑，良宰有清威。苦節長如病，爲官豈肯肥。此作詩之骨。「豈肯」二字有勉戒意。山多村地狹，水淺客舟稀。寫盡寂寥景象。上國搜賢急，陶公早晚歸。此「歸」字歸於朝也。

寄僧尚顔

曾居五老峰，所得共誰同。才大天全與，三字寫「大」不測。吟精楚欲空。三字寫「精」尤不測。客來庭減日，鳥過竹生風。三四奇極，此二句卻平常極。須知奇中之高易見易能，平常中之高不易見不易能也。早晚摇輕拂，重歸瀑布中。

棋

十九條平路，言平又嶮巇。真島。人心無算處，國手有輸時。到家語。俱加一倍寫。勢迴流星遠，聲乾下雹遲。臨軒才一局，寒日又西垂。

杜工部墳①

騷人久不出，安得國風清。擬掘孤墳破，重教大雅明②。加倍寫法，必到極處乃爲尊無二上。宋人或譏此爲掘墳賊，乃是遊戲之談，亦如銀花盒金銅釘③，原無當於詩論也，何足聽焚哉！皇天高莫問，白酒恨難平。悒怏寒江上，誰人知此情。

○工部爲詩之聖，不待言也。人人愛工部之詩，亦不待言也。必如此十分奇闢，乃能寫出用情真至。後來吊工部詩，惟王荊公稍具氣格，然亦不免衍叙。近時所作，不過隨聲讚歎而已，何足有無。

【校】

① 《全唐詩》題作「經杜工部墳」。

② 明，《全唐詩》作「生」。

③ 釘，咸豐本作「針」。

許棠

棠字文化，宣州涇縣人。咸通十二年登進士第，授涇縣尉，又嘗爲江寧丞。《唐詩紀事》：許棠有《洞庭》詩爲工，時號許洞庭。《全唐詩話》：許棠久困名場，咸通末馬戴佐大同軍幕，棠往謁之，一見如舊。留連數月，未嘗問所欲。一旦，以棠家書授之，棠驚愕莫知其來，啓緘始知戴潛遣人恤其家矣。

懷民按，文化五七言律之外，他體並絶句亦無之。沉着刻入，略與馬虞臣相等，宜其一見如故也。次之升堂第三。

過洞庭湖

驚波常不定，半日鬢堪斑。四顧疑無地，中流忽有山。二句何必是洞庭①，然確是洞庭，非身到者不知也。鳥高恒畏墜，帆遠卻如閒。想頭妙絶②。漁父閒相引，時歌浩渺間。

○力求新奇，乃力求寫生，故妙。文化以此詩得名，然在集中尚非極詣。

【校】

①何必，咸豐本作「雖不」。

②想，咸豐本作「舉」。

登渭南縣樓

近甸名偏著，登城景又寬。半空分太華，極目是長安。雪助河流漲，人耕燒色殘。「助」字「耕」字賈。閒來時甚少，欲下重憑欄。

早發洛中

半夜發清洛，不知過石橋。雲增中岳大，樹隱上陽遥。鍊字奇確，正得「早」字神理。塹黑初沉月，河明欲認潮。孤村人尚夢，無處暫停橈。

送龍州樊使君

曾見邛人説，龍州地未深。碧溪飛白鳥，紅旆映青林。土産唯宜藥①，王租只貢金。與張水部「海國戰騎象，蠻州市用銀」一例。或有嫌其樸質者，正自不解唐詩耳。政成閒宴日②，誰伴使君吟。

【校】

① 土，咸豐本作「上」。

② 閒，《全唐詩》作「開」。

雁門關野望

高關閒獨坐①，望久轉愁人。紫塞唯多雪，胡山不盡春。「不盡」二字著力。河遥分斷野，樹亂起飛塵。寫邊景逼真。時見東來騎，心知近別秦。有餘味，耐思。

〇生刻是賈。文化久遊邊塞，故詩中多得風沙寒闊之概，其於老杜詩無意學之，亦每有相近處，後略仿此。

【校】

① 坐，《全唐詩》作「望」。

送從弟歸泉州

問省歸南服，懸帆任北風。何山猶見雪，半路已無鴻。瘴雜春雲重，星垂夜海空。極意求似。往來如不住，亦是一年中。

題張喬昇平里居

下馬似無人，開門只一身。心同孤鶴靜，此常語。行過老僧真。對卻不常。全襲長江格韻。亂木藏幽徑①，高原隔遠津。匡廬曾共隱，相見自相親。

【校】

① 木，《全唐詩》作「水」。

渭上送人南歸

遠役與歸愁，同來渭水頭。南浮應到海，此常語。北去阻無州。對卻不常。楚雨天連地，雨自天降，「天連地」似乎不明，正妙於不明。胡風夏甚秋。江人如見問，爲話復貧遊。

出塞門

步步經戎虜，防兵不離身。山多曾戰處，路斷野行人。暴雨聲同瀑，極匠。奔沙勢異塵。極匠。片時懷萬慮，白髮數莖新。

銀州北書事

南辭采石遠，北背乞銀深。磧路雖多險，江人不廢吟①。鵰依孤堠立，鷗向迴沙沉。因共邊人熟，行行起戰心。

【校】

① 人，咸豐本作「山」。

登淩歊臺

平蕪望已極，況復倚淩歊。江截吴山斷，天臨楚澤遥。鍊字都契杜法。雲帆高出樹，水市迴分橋。二句寫景絶工，然在此卻是鱗甲中珠。立久斜陽盡，無言似寂寥。

野步

閒賞步易遠，野吟聲自高。路無人到跡，林有鶴遺毛。物外趣都别，塵中心枉勞。沿溪收墮果，坐石唤飢猱。○全從賈氏化出。

過湍溝谷

西去窮胡處，巖崖境不常。石形相對聳，天勢一條長。狀出奇險逼真，賈句。棧底鳴流水，林端斂夕陽。「斂」字妙。雖隨兵馬至，未免畏豺狼。

秋江霽望

高秋偏入望，霽景倍關情。落木滿江水，離人懷渭城。此可與島師「秋風生渭水，落葉滿長安」並看，然未便妄擬作盛唐。山高孤戍斷，野極暮天平。賈句。漁父時相問，羞真道姓名。

下黄耳盤

獨下黄盤路，多虞部落連。雲晴仍著地，樹古自參天。非到邊塞不見此景。亂鳥飛人上，驚麇起馬前。行行無郡邑，唯見虎狼煙。

題金山寺

四面波濤匝，中樓日月鄰。上窮如出世，下瞰忽驚神。極寫，卻已著跡。刹礙長空鳥，船通外國人。房房皆疊石，風掃永無塵。

題慈恩寺元遂上人院

竹檻匝回廊，城中似外方。月雲開作片，枝鳥立成行。於此看出是賈門習氣。徑接河源潤，庭容塔影涼。「容」字妙。天台頻去説，誰占最高房。

隗囂宮晚望

西顧伊蘭近，方驚滯極邊。水隨空谷轉，山向夕陽偏。「轉」「偏」鍊字仿賈。磧鳥多依地，無枝可棲也。胡雲不滿天。偏説不滿，妙。問此比老杜「無風雲出塞」一聯如何？秋風動衰草，只覺犬羊羶。

過故洛城

七百數還窮，城池一旦空。夕陽唯照草，何其荒涼。危堞不勝風。何其傾圮。岸斷河聲別，田荒野色同。去來皆過客，何處問遺宮。

下第東歸留別鄭侍御①

無才副至公，豈是命難通。分合吟詩老，家宜逐浪空。刻峭似賈。別心懸闕下，歸念極吳東。唯畏重回日，初情恐不同。

【校】

① 御，《全唐詩》作「郎」。

贈天台僧

赤城霞外寺，不忘舊登年。石上吟分海，「分」字奇。樓中語近天。刻峭似賈。重遊空有夢，再隱定無緣。獨夜休行道，星辰靜照禪。樸老似賈。

邊城晚望

廣漠杳無窮，孤城四面空。馬行高磧上，日墮迥沙中。王右丞詩「大漠孤煙直，長河落日圓」即同寫此景，而用筆不同如此，此盛唐與中晚之分也。逼曉人移帳，當川樹列風①。最難入景。迢迢河外路，知直去崆峒。

【校】

①列，咸豐本作「立」。

汴上暮秋

獨立長堤上，西風滿客衣。日臨秋草廣，鍊「廣」字。山接遠天微。鍊「微」字。岸葉隨波盡，沙雲與鳥飛。秦人寧有素，去意自知歸。

和薛侍御題興善寺松

何年斸到城，滿國響高名。半寺陰常匝，鄰房景亦清①。總於空處著筆乃佳。代多無朽勢②，風定有餘聲。寫生。自得天然狀，非同澗底生。

【校】

①房，《全唐詩》作「坊」。

②朽，咸豐本作「巧」。

塞外書事

征路出窮邊，孤吟傍戍煙。河光深蕩塞，「深蕩」二字匠妙。磧色迥連天。「迥連」二字匠妙。此仍同右丞詩意，其摹寫高迥逼真處亦幾不多讓矣。殘日沉鵰外，驚蓬到馬前。空懷釣魚所，未定卜歸年。

秋日陪陸校書遊玉泉

共愛泉源異，頻來不覺勞。散光垂草細，句亦細。繁響出風高。句亦高。沫滯潭花片，沙遺浴鳥毛。塵間喧與悶①，須向此中逃。結句稍嫌率易。

【校】

① 悶，咸豐本作「同」。

唐求

求，居蜀之味江山，至性純愨。王建帥蜀，召爲參謀，不就。放曠疏逸，邦人謂之唐隱居。爲詩撚稿爲圓，納之大瓢。後卧病，投瓢於江，曰：「斯文苟不沉没，得者方知吾苦心爾。」至新渠，有識者曰：「唐山人瓢也。」接得之，十纔二三。

懷民按，隱居負性高古，詩冷峻，得賈生之骨。觀其不苟傳於後世詩，志可知矣。惜瓢中之詩大半爲屈正則所收，流傳人間者，如食罕味，忽忽欲盡耳。特附賈氏升堂之後，以褒其志。

客行

上山下山去，千里萬里愁。樹色野橋暝，雨聲孤館秋。南北眼前道，東西江畔舟。世人重金玉，無金徒遠游。拗轉句法。

○此詩目作大拗體。

題鄭處士隱居

不信最清曠，及來愁已空。刻清見骨。數點石泉雨，一溪霜葉風。高致。業在有山處，道成無事中。酌盡一尊酒，病夫顏亦紅。

○通首不粘，亦一拗體。

古寺

路傍古時寺，寥落藏金容。破塔有寒草，壞樓無曉鐘。怪僻酷似閬仙口吻。亂紙失經偈，斷碑分篆蹤。日暮月光吐，繞門千樹松。

贈著上人

掩門江上住，盡日更無爲。古木坐禪處，殘星鳴磬時。於此等定是賈派。水澆冰滴滴，珠數落纍纍。自有閒行伴，青藤杖一枝。

馬嵬感事

冷氣生深殿，狼星渡遠關。九城鼙鼓内，千騎道途間。鳳髻隨秋草，鑾輿入暮山。慘怛。古人賦感止用一兩字而含藴無窮，即如此句，止加一「暮」字便覺有十分蕭索悲涼，勝後人萬千語也。恨多留不得，悲淚滿龍顔。

○不力求切合，正是高於温、李處。

送友人歸邛州

鶴鳴山下去，滿篋荷瑶琨。放馬荒田草，看碑古寺門。皆憑空結想，而宛如身歷，此詩興之真也。漸寒沙上雨，「漸寒」字入微。欲暝水邊村。「欲暝」字入微。莫忘分襟處，梅花撲酒尊。

○後人徒向實地討生活，以爲切題，焉知古人妙諦。

發邛州寄友人

茫茫驅一馬，自歎又何之。出郭見山處，待船逢雨時。尋常景，寫來自覺超遠。曉雞鳴野店，寒葉墮秋枝。寂寞前程去，閒吟欲共誰。

○此等詩妙處正在尋常。俗人寫奇闢之景皆庸，詩人寫尋常之景皆超。

舟行夜泊夔州

維舟鏡面中，迴對白鹽峰。夜靜沙堤月，天寒水寺鐘。故園何日到，舊友幾時逢。欲作還家夢，青山一萬重。後四率易。

○此等淺易之作，初學讀之，不失尺寸。

山東蘭若遇靜公夜歸

松門一徑微，苔滑往來稀。半夜聞鐘後，渾身帶雪歸。寫生手。問寒僧接杖，辨語犬銜衣。長江得意句。又是安禪去，呼童閉竹扉。

○此題情事本佳，故詩亦高妙。然非閒心冷眼，則不能相得此題。故欲學古人作詩，先當學古人置題。

友人見訪不值因寄

門户寒江近，籬牆野樹深。晚風摇竹影，斜日轉山陰。砌覺披秋草，牀驚倒古琴。更聞鄰舍說，一隻鶴來尋。

○格法别，須向前四句討消息。

塗次偶作

歲月客中銷，崎嶇力自招。問人尋野寺，牽馬渡危橋。爲雨疑天晚，因山覺路遥。真有此情，亦到家語也。前程何處是，一望又迢迢。

邛州水亭夜讌送顧非熊之官

寂寞邛城夜，如此盛會，卻先加「寂寞」二字，以此座間賓主性情皆高，不同俗衆也。寒塘對庾樓。先畫。蜀關蟬已噪，秦樹葉應秋。道路連天遠，笙歌到曉愁。不堪分袂後，殘月正如鈎。

○既爲公餞燕會，當極喧盛，而詩中通體冰静。且未嘗不言笙歌，且言到曉也，而加一「愁」字，則喧盛處正多悵悒。大概古人公燕等詩皆同此體例，後人不識，自不免擾擾耳。

曉發

旅館候天曙，整車趨遠程。幾處曉鐘斷，半橋殘月明。沙上鳥猶在，渡頭人已行①。去去古時道，馬嘶三兩聲。

○此當與賈師《早行》詩合看，極澹極常語，卻有深味。若温飛卿「雞聲茅店月，人跡板橋霜」非不佳也，然有意渲染，不免取俗人喜悦矣。譬之近代畫品，此如王麓臺，而飛卿則王石谷耳。此中色味分寸，能辨者亦衹數人，若單廉夫、潘蘭公、王顥叔及吾家松圃五星其庶幾乎！

【校】

① 已，《全唐詩》作「未」。

張祜

祜字承吉，清河人，以宫詞得名。長慶中，令狐楚表薦之，不報。辟諸侯府，多不合，自劾去。嘗客淮南，愛丹陽曲阿地，築室卜隱。集十卷。

《全唐詩話》：武宗皇帝疾篤，遷便殿，孟才人以歌笙獲寵者，密侍其右。上目之曰：「吾當不諱，爾何爲哉？」指笙囊泣曰：「請以此就縊。」上憫然。復曰：「妾嘗藝歌，請歌一曲，以泄其憤。」乃歌一聲《河滿子》，氣亟立殞。上令醫候之，曰：「脈尚温而腸已絶。」及帝崩，柩重不可舉，議者曰：「非俟才人乎？」爰命其櫬，櫬至乃舉。按所歌《河滿子》詞，祜作也，傳唱宫中，其言曰：「故國三千里，深宫二十年。一聲河滿子，雙淚落君前。」又曰：「自倚能歌日，先皇掌上憐。新聲何處唱，腸斷李延年。」後祜知其事，作《孟才人嘆》曰：「偶因歌態詠嬌嚬，傳唱宫中十二春。卻爲一聲河滿子，下泉須吊舊才人。」

懷民按，承吉作宫詞絶句，韻味風情不下王仲初，樂府長歌，亦各成格調，獨五言近體刻入處太逼閬仙，或亦私淑賈氏者也。斷爲及門一人。

觀徐州李司空獵

曉出郡城東，分圍淺草中。紅旗開向日，白馬驟迎風。「開」字「驟」字鍊。背手抽金鏃，翻身控角弓。萬人齊指處，一雁落寒空。聲色俱到。

殘獵①

殘獵渭城東，蕭蕭西北風。雪花鷹背上，冰片馬蹄中。純似賈生句。臂挂捎荆兔，腰懸落箭鴻。歸來逞餘勇，兒子亂彎弓。

○二詩無大好處，但取其寫興逼真。

【校】

①《全唐詩》題作「獵」。

鸚鵡

栖栖南越鳥，色麗思沉淫。神匠。暮隔碧雲海，春依紅樹林。雕籠悲斂翼①，畫閣豈關心。

無事能言語，人間怨恨深②。

○寄託。

【校】

① 翼，《全唐詩》作「翅」。

② 間，《全唐詩》作「聞」。

再吟鸚鵡

萬里去心違，奇毛覺自非。美人憐解語，凡鳥畏多機。題鸚鵡詩自太白後大概皆有感寓。未勝無丹嘴，何勞事緑衣。一憤至此。雕籠終不戀，會向故山歸。

送蘇紹之歸嶺南

孤舟越客吟，萬里曠離襟。夜月江流闊，匠在「闊」字。春雲嶺路深。匠在「深」字。勿認作杜，尚不能入少陵之室，然賈氏固由杜出。珠繁楊氏果，翠耀孔家禽。無復天南夢，相思空樹林。

旅次上饒溪

碧溪行幾折，凝櫂宿汀沙。角斷孤城掩，樓深片月斜。「斜」字從「深」字出，此晝有不能到也。夜橋昏水氣，秋竹靜霜華。更想曾題壁，凋零可歎嗟。

送徐彦夫南遷

萬里客南遷，孤城漲海邊。瘴雲秋不斷，陰火夜長然。二句下三字着力。月上行虚市，風迴望舶船。知君還自潔，更爲酌貪泉。箴勉乃古人贈言之義，然迥異後來一味膚泛。○此等詩從老杜《秦州》詩來，即亦不必苦分盛、中。

送韋整尉長沙

遠遠長沙去，憐君利一官。風帆彭蠡疾，雲水洞庭寬。木客提蔬束，江烏接飯丸。祇五字而湖湘間之風景如目接矣。須想其用筆鍊字之妙處。莫言卑溼地，未必乏新歡。

送曾黯游夔州

不遠夔州路，層波瀲灩連①。下來千里峽，入去一條天。生刻峭直，純是賈生腕力。與許洞庭「石形相對聳，天勢一條長」同一用意。樹色秋帆上，灘聲夜枕前。何堪正危側，百丈半山顛。

○承吉本多情人，而撰力極生狠，所以定爲賈派。

【校】

①瀲灩，《全唐詩》作「灔澦」。

贈薛鼎臣侍御

一命前途遠，雙曹小邑閒①。夜潮人到郭，妙。春霧鳥啼山。又妙。淺瀨横沙堰，高巖峻石斑。不堪曾倚櫂，猶復夢昇攀。

○賈生復出。

【校】

①閒，《全唐詩》作「間」。

送李長史歸涪州

涪江江上客，歲晚卻還鄉。暮過高唐雨，秋經巫峽霜。急灘船失次，疊嶂樹無行。此梅都官所謂發難顯也。非此奇筆不能狀此奇景。好爲題新什，知君思不常。

題上饒亭

溪亭拂一琴，促軫坐披襟。夜月水南寺，秋風城外砧。此等氣味令人諷之不能盡，置之不能忘，而不可以訓詁求之。早霜紅葉淨①，新雨碧潭深。唯是壺中物，憂來且自斟。○自是眼前景，寫得出由鍊功深也。

【校】

① 淨，《全唐詩》作「靜」。

富陽道中送王正夫

枌枌上荒原，霜林赤葉翻。孤帆天外出，遠戍日中昏。絶妙燕僧。摘橘妨深刺①，攀蘿畏斷根。唐人體物入微。何堪衰草色，一酌送王孫。

【校】

①妨，《全唐詩》作「防」。

寄靈澈上人

老僧何處寺，秋夢繞江濱。獨樹月中鶴，孤舟雲外人。榮華長指幻，衰病久觀身。應笑無成者，滄洲垂一綸①。

【校】

①綸，《全唐詩》作「輪」。

贈僧雲栖

麈尾與筇杖①，幾年離石壇。一起便似賈。梵餘林雪厚，棋罷岳鐘殘。賈氏口吻。開卷喜先悟，漱瓶知早寒。衡陽寺前雁，今日到長安。看他結處。

【校】

①杖，《全唐詩》作「枝」。

將之衡陽道中作

萬里南方去，扁舟泛自身。「自」字率。長年無愛物，深話少情人。閱歷語，少年不知。醉卧襟常散，閒書字不真。衡陽路猶遠，獨與雁爲賓。

題真娘墓

佛地葬羅衣，孤魂此是歸。舞爲蝴蝶夢，歌謝伯勞飛。翠髮朝雲在，青蛾夜月微。唐人詩訣。傷心一花落，無復怨春暉。

題山水障子

一見秋山色，方憐畫手稀。波濤連壁動，雲物下簷飛。「動」字「飛」字是匠物，而其妙尤在「連」「下」二字。嶺樹冬猶發，江帆暮不歸。二句同意而此句尤妙。端然是漁叟，相向日依依。

江城晚眺

重檻構雲端，江城四鬱盤。河流出郭靜，山色對樓寒。賈氏語。凡畫所能寫者，猶非至文也。即如此二句評者謂妙入畫矣，細思「静」字「寒」字如何畫得出？浪草侵天白，霜林映日丹。悠然此江思，樹杪幾檣竿。

題樟亭

曉霽憑虚檻，雲山四望通。地盤江岸絶，天映海門空。狀得出，妙下「絶」字「空」字，意在寫真，非力求闊大。樹色連秋靄，潮聲入夜風。鍊在「入」字「風」字。年年此光景，催盡白頭翁。

訪許用晦

遠郭日曛曛，停橈一訪君。小橋通野水，高樹入江雲。酒興曾無敵，詩情舊逸群。怪來音信少，五十我無聞。

晚秋江上作

萬里窮秋客，蕭條對落暉。煙霞山鳥散，風雨廟神歸。陰慘。詩到此地位方可言氣韻。地遠蛩聲功①，天長雁影稀。那堪正砧杵，幽思想寒衣。

【校】

①功，咸豐本、《全唐詩》作「切」。

旅次石頭岸

行行石頭岸，身事兩相違。舊國日邊遠，故人江上稀。水聲寒不盡，三字妙。山色暮相依。三字尤妙。惆悵未成語，數行鴉又飛。

○暮天寥落，旅客悲愁，千古一情。

鷺鷥

深窺思不窮，揭趾淺沙中。一點山光靜①，孤飛潭影空。暗棲松葉露，輕下蓼花風②。匠。用力做「輕」字妙。好是滄波侶，垂絲趣亦同。

【校】

①靜，《全唐詩》作「淨」。

②輕，《全唐詩》作「雙」。

題萬道人禪房

何處鑿禪壁，西南江上峰。殘陽過遠水，落葉滿疏鐘。世事靜中去，道心塵外逢。欲知情不動，牀下虎留蹤。

題潤州金山寺

一宿金山寺，微茫水國分①。僧歸夜船月，龍出曉堂雲。嘗遊金山寺，流覽古今人題什，無如二句之高妙，方嘆此詩真不可及也。樹色中流見，鐘聲兩岸聞。因悲在朝市②，終日醉醺醺。○加力刻削。

【校】

① 微茫水國分，《全唐詩》作「超然離世群」。

② 因悲，《全唐詩》作「翻思」。

題杭州孤山寺

樓臺聳碧岑，一徑入湖心。不雨山長潤，此句匠易。無雲水自陰。此句匠難。難在入微卻能逼真。

斷橋荒蘚澀，空院落花深。猶憶西窗月，鐘聲在北林。昨夜山北時，惺惺聞此鐘。

題濠州鍾離寺

遥遥東郭寺，數里占原田。遠岫碧光合，長淮清派連。院藏歸鳥樹，鐘到落帆船。唯羡空門叟，棲心盡百年。

題惠山寺

舊宅人何在，空門客自過。泉聲到池盡，山色上樓多。嘗遊張氏漪園，見壁有王阮亭題句，即以「山色上樓多」分韻，方知此句之妙也。小洞生斜竹，重階夾細莎。殷勤問城市①，雲水暮鐘和。

【校】

① 問，《全唐詩》作「望」。

宿淮陰水館

積水自成陰，昏昏月映林。五更離浦櫂，一夜隔淮砧。試换「隔江」字便不佳。二句妙不惟景而在情，尤在韻。情景皆由韻生也。漂母鄉非遠，王孫道豈沉。不當無健嫗，誰肯效前心。自感也。亦未免拙。

鄭谷

谷字守愚，袁州人。光啓三年擢第，官右拾遺，歷都官郎中。幼即能詩，名盛唐末。有《雲臺編》三卷，《宜陽集》三卷，外集三卷。

《唐詩紀事》：鄭谷以《鷓鴣》詩得名，人號鄭鷓鴣。

都官自序：谷勤苦於風雅者。自騎竹之年，則有賦詠，雖屬對聲律未暢，而不無旨諷。同年丈人古川守李公朋、同官丈人馬博士戴嘗撫頂嘆勉，謂他日必垂名。及冠，則編軸盈笥。求試春闈，歷干於大匠，故少師相國太原公深推獎之，故薛許昌能、李建州頻不以晚輩見待，預於唱和之流而忝所得爲多。遊舉場凡十六年，著述近千餘首，自可者無幾。登第之後，孜孜忘倦，甚於始學也。

明嚴嵩《鄭都官詩序》：相傳州南仰山有都官書堂遺址，乃予攀磴踐棘往尋之，不可復識，徒見泉聲巒彩悄愴幽邃，殆非人間意，其時謳吟嘯歌，斯境有助歟？夫詩之道難言矣。非天景勝奇無以發靈智，非功力深到無以造微賾，予讀都官之作精刻洗鍊，時有月露煙雲之思，永夜靜吟，至謂得句勝於得好官，則其平生殫力於斯可謂勤矣①。世之士落筆出語未得古人一字而遽已訾病之，豈可乎哉？

懷民按，守愚世但傳其長律、絶句，不知五言詩生刻深細，抉賈氏之精而變其貌。定爲賈氏及門。

【校】

① 斯，咸豐本作「圻」。

久不得張喬消息

天末去程孤，沿淮復向吴。亂離何處甚，安穩到家無。樹盡雲垂野，檣稀月滿湖。看其刻意用力，是從賈氏門中來。傷心繞村落，應少舊耕夫。後四句皆亂後景象。

○守愚登第在光啓三年，時僖宗在位十四年矣。盜賊蜂起，强藩爭偪，車駕屢經播遷，迄唐之亡不過再傳十四五年間事耳。詩中多言亂離，其在登第以前則指王仙芝、黄巢之亂，登第以後則指朱温、李克用、李茂貞、王行瑜之屬。蓋天下皇皇無寧日也，而其詩憂傷淒厲，亦不免爲亡國之音矣。

登杭州城

漠漠江天外，登臨返照間。潮來無別浦，木落見他山。何必是杭州？卻正能切。沙鳥晴飛遠，漁人夜唱閒。歲窮歸未得，心逐片帆還。此亦爲亂阻耳。

○後人於此等題不知若何張皇，看他只平平寫去。

奔避

奔避投人遠，漂離易感恩。愁髯霜颯颯，病眼淚昏昏。此等真氣鬱勃，便與杜同揆。孤館秋聲樹，寒江落照村。更聞歸路絕，新寨截荆門。乾符六年冬，黄巢陷潭州，遂趣襄陽。劉巨容屯兵荆門以拒之，俘斬十七八後縱之不追，而賊勢復振。此詩「新寨截荆門」必此時也，則尚在登第之前耳。

哭建州李員外頻

令終歸故里，末歲道如初。舊友誰爲誌，清風豈易書。都於虚處寫其實行。雨墳生野蕨，鄉奠釣江魚。品高情深。獨夜吟兼泣①，前年伴直廬。

【校】

① 兼，《全唐詩》作「還」。

通州客舍①

奔走失前計，淹留非本心。都官每警於發端，殊勝他家學賈氏者徒能刻削字句。已難消永夜，況復聽秋霖。漸解巴兒語，誰憐越客吟。黄花徒滿手，白髮不勝簪。

【校】

① 州，咸豐本、《全唐詩》作「川」。

長安夜坐寄懷湖外嵇處士

萬里念江海，浩然天地秋。此憂亂之詩也。故用如此起。風高群木落，夜久數星流。或疑在僖宗中和元年八月星交流如織即指此事，卻不必然。看詩意乃是尋常流星，中自寓意耳，若以實按之反拘，且計其時僖宗已幸成都，亦必不能如此閒靜矣。鐘絶分宫漏，螢微隔御溝。遥思洞庭上，葦露滴漁舟。

送人之九江謁郡侯苗員外紳

澤國尋知己，南浮不偶遊。溢城分楚塞，廬岳對江州。止平排寫出自妙。曉飯臨孤嶼，春帆入亂流。雙旌相望處，月白庾公樓。

寄南浦謫官

多才翻得罪，天末抱窮憂。白首爲遷客，青山繞萬州。祇是撰力到。借對之妙，妙以情味。醉敧梅障曉，歌厭竹枝秋。望闕懷鄉淚，荆江水共流。

送許棠先輩之官涇縣

白頭新作尉，縣在古山中①。高第能卑宦，「能」字下得高，正見骨格處。前賢尚此風。蕪湖春蕩漾，梅雨晝冥濛②。佐理人安後，篇章莫廢功。

【校】

①古，《全唐詩》作「故」。

②冥，《全唐詩》作「溟」。

趙林郎中席上賦蝴蝶①

尋豔復尋香，似閒還似忙。暖煙沉蕙徑，微雨宿花房。書幌輕隨夢，歌樓誤採妝。王孫深屬意，繡入舞衣裳。

○亦自匠工，無甚深意，故不於鸚鵡之外更號蝴蝶也。

【校】

①林，《全唐詩》作「璘」。

潯陽姚宰廳作

縣幽公事稀，庭草是山薇。足得招棋侶，何妨著道衣。野泉當案落，汀鷺入衙飛。寺去東林近，多應隔宿歸。

渠江旅思

流落復蹉跎，交親半逝波。謀身非不切，言命欲如何。故楚春田廢，窮巴瘴雨多。引人鄉淚盡，夜夜竹枝歌。

寄棋客

松窗楸局穩，相顧思皆凝。幾局賭山果，强對下句。一先饒海僧。天妙句，得未曾有，亦正不可多得。

牙齒尖利酷似賈生。覆圖聞夜雨，下子對秋燈。鱗甲中珠。何日無羈束，期君向杜陵。

峨嵋山

萬仞白雲端，經春雪未殘。夏消江峽滿，晴照蜀樓寒。深刻，從燕本得來。造境知僧熟，歸林認鶴難。會須朝闕去，祗有畫圖看。

○苦澀全是長江。通首皆就雪言，以峨嵋之勝全在雪也。然亦正不必於題中見之，即第二句一點，下皆照此看去。

旅寓洛南村舍

村落清明近，鞦韆稚女誇。字似嫩而有情味。春陰妨柳絮，月黑見梨花。「妨」字「見」字皆造微，景與情並到。白鳥窺魚網，青帘認酒家。幽棲雖自適，交友在京華。

○記自十四五時愛此詩，以爲得寒食天氣心情。今三十餘年矣。每一諷之，仍不能捨去，後來周清真詞「正是夜堂無月，沉沉暗寒食」彷彿此意，而遜其工妙遠矣。

長安感興

徒勞悲喪亂，自古戒繁華。落日狐兔徑，近年公相家。可悲聞玉笛，不見走香車。寂寞牆匡裏，春陰挫杏花。

○此廣明元年黃巢入長安、僖宗走興元以後作也。

哭進士李洞二首 選其二

自聞東蜀病，唯我獨關情。若近長江死，想君勝在生。能抉得死者肺腑間語，所以能令死者瞑目。此亦自加倍寫法，正是極切處，非知之深如何能道得著？瘴蒸丹旐溼，燈隔素帷清。塚樹僧栽後，新蟬一兩聲。

贈圓昉公

天階讓紫衣，冷格鶴猶卑。加倍寫。道勝嫌名出，身閒覺老遲。身分絶高。有賈生之沉刻而無其尖酸。晚香延宿火，寒磬度高枝。字字鍊。見説長松寺①，他年與我期。

【校】

① 見，《全唐詩》作「長」。

南遊

淒涼懷古意，湘浦弔靈均。故國經新歲，扁舟寄病身。祇平淡寫，自深至。山城多曉瘴，澤國少晴春。漸遠無相識，青梅獨向人。

送徐涣端公南歸

青襟離白社，朱紱始言歸①。此去多應羨②，初心盡不違。江帆和日落，越鳥近鄉飛。一路春風裏，楊花雪滿衣。

【校】

① 紱，《全唐詩》作「綬」。

② 多應，《全唐詩》作「應多」。

摇落

夜來摇落悲，桑棗半空枝。說桑棗生下「故國」也，然必是實境。故國無消息，流年有亂離。沉鬱。霜秦聞雁早，煙渭認帆遲。「霜秦」「煙渭」鍊，字法。日暮寒鼙急，邊軍在雍岐。

〇通體得工部神骨。此當指李茂貞輩。按茂貞犯闕，帝如華州，雖在昭宗之世，而亂勢已久肇矣。或曰此爲李克用近逼京師，僖宗奔鳳翔之時，則尚在守愚登第之前也。此云流年，似在以後。

贈劉神童六歲及第，上召於便殿親試，稱旨，賜以果實。

習讀在前生，僧譚是可明①。此句不難解，謂能悟得佛理耳。還家雖解喜，登第未知榮。神童必無稚氣，然如此説方匠得情狀出。時果曾霑賜，春闈不挂情。燈前猶惡睡，寤語讀書聲。

【校】

① 是，《全唐詩》作「足」。

聞進士許彬罷舉歸睦州悵然懷寄

桐廬歸舊廬，垂老復樵漁。吾子雖言命，鄉人懶讀書。只直捷言之，自可感傷。後來歐陽永叔送人下第詩「朝廷失士有司恥，貧賤不憂君子難」亦同一直捷語，而少委婉矣。煙舟撑晚浦，雨屐翦春蔬。異代名方振，哀吟莫廢初。樂天云「身後文章合有名」，王逢原云「不信吾無萬古名」，皆同此義。

題興善寺

寺在帝城陰，清虚勝二林。蘚侵隋畫暗，茶助越甌深。賈生。巢鶴和鐘唳，詩僧倚錫吟。煙莎後池水，前跡杳難尋。

○賈氏氣味。

梁燭處士辭金陵相國杜公歸舊山因以寄贈

相庭留不得，題如此鄭重，詩中卻只消五字提過，所以爲高，即可想其人之高。江野有苔磯。兩浙尋山徧，孤舟載鶴歸。世間書讀盡，雲外客來稀。諫署搜賢急，應難惜布衣。「惜」字勿庸泥看，即同「愛」字義耳。

水軒

日日狎沙禽，偷安且放吟。讀書老不入，確。愛酒病還深。確。入情處張、賈同工。歎後爲羈客，兵餘問故林。皆亂後景也。楊花滿牀席，搔首度春陰。

贈泗口苗居士

歲晏樂園林，維摩契道心。江雲寒不散，庭雪夜方深。清挺，絶得賈氏撰力。酒勸漁人飲，詩憐稚子吟。四郊多壘日，勉我捨朝簪。

別同志

所立共寒苦，平生同與遊。相看臨遠水，獨自上孤舟。澹語深情，味之無盡，似張氏派。天澹滄浪晚，風悲蘭杜秋。前程吟此景，爲子上高樓。

舟次通泉精舍①

江清如洛汭，寺好似香山。勞倦孤舟裏，登臨半日間。樹涼巢鶴健，「健」字。巖響語僧閒。「閒」字。更共幽雲約，秋隨絳帳還。

【校】

① 精，咸豐本作「旅」。

谷自亂離之後在西蜀半紀多寓止精舍與圓昉上人爲淨侶昉公於長松山舊齋嘗約他日訪會勞生多故遊宦數年曩契未諧忽聞謝世愴吟四韻以弔之①

題似序，開宋法。

每思聞靜話②，雨夜對禪牀。未得重相見，秋燈照影堂。隔句直敘，正自令人憮然。孤雲終負約，薄宦轉堪傷。夢繞長松塔，遥焚一炷香③。

【校】

①《全唐詩》「紀」後有「之餘」二字。

②靜，《全唐詩》作「淨」。

③焚，咸豐本作「聞」。

張谷田舍

縣官清且儉，深谷有人家。將不清儉遂無人家耶？妙。一徑入寒竹，小橋穿野花。碓喧春澗滿，梯倚綠桑斜。絕不照顧清儉，而清儉自在，唐詩之妙也。自說年來稔，前村酒可賒。鍾陵必謂深於吏治，可厭。

○此詩出入諸家集中，卒難辨其誰作也。

方干

干字雄飛，新定人。徐凝一見器之，授以詩律。始舉進士，謁錢塘太守姚合，合視其貌陋，甚卑之。坐定覽卷，乃駭目變容。館之數日，登山臨水，無不與焉。咸通中，一舉不得志，遂遁會稽，漁於鑑湖。太守王龜以其亢直，宜在諫署，欲薦之，不果。干自咸通得名迄文德，江之南無有及者。歿後十餘年，宰臣張文蔚奏名儒不第者五人，請賜一官以慰其魂，干其一也。後進私謚曰玄英先生，門人楊弇與釋子居遠收得詩三百七十餘篇。

懷民按，雄飛受詩律於徐侍郎，遂舉進士，其源蓋出徐氏也。今考侍郎集，絶句之外，近體三篇而已，卒難定其何體，但讀方詩，生新刻苦，似游泳長江而出者，七言尤逼肖。即安知徐之不爲賈氏流耶？今但編雄飛爲閬仙及門云爾。

寄李頻

衆木已摇落①，望君猶未還②。軒車在何處，雨雪滿前山。流動中有力量，故非張派。思苦文星動，出句似近時。鄉遥釣渚閒。妙看此對法。明年見名姓，唯我獨何顔。唐人以科名爲重，雖韓退之不無此見。然志求必得而惡不由其道，正見骨力强毅處。如此結句便直説不諱。

【校】

① 已，《全唐詩》作「又」。

② 猶未，《全唐詩》作「還不」。

東溪別業寄段郎中①

前山含遠翠，羅列在窗中。盡日人不到，一尊誰與同。涼隨蓮葉雨，暑避柳條風。豈分長岑寂，明時有至公。此亦以科名言。

【校】

① 《全唐詩》「段郎中」前有「吉州」二字。

中路寄喻鳧①

求名如未遂，白首亦難歸。送我尊前酒，典君身上衣。寒蕪隨楚盡，落葉渡淮稀。莫歎干時晚，前心豈便非。骨力嶄然。

○浩氣直達。退之《上宰相書》同一心腸，世俗詭隨者卻不肯直言。

【校】

①《全唐詩》後有「先輩」二字。

送趙明府還北

故林終不住①，劍鶴在扁舟。盡室無餘俸，還家得白頭。唐人識見高。「得」字妙。鐘催吴岫曉，月照渭河流②。曾是棲安邑，恩期異日酬。何嘗不作申謝語，然自無失其高。若「催」是賈氏字，須善學。在後人，不知幾多常瑣可厭矣。

【校】

①林，《全唐詩》作「園」。

②照，《全唐詩》作「遶」。

夏日登靈隱寺後峰

絶頂無煩暑，登臨三伏中。一起便似賈。深蘿難透日，喬木更含風。山疊雲霞際，川傾世界東。加力寫。莫嘆其奇，應想其匠工。那知此夕興①，不與古人同。興會。

【校】

①此，《全唐詩》作「兹」。

聽新蟬寄張書

細聲頻斷續，審聽亦難分。髣髴應移處，從容卻不聞。亦不肯省力。此等與王右丞《聞鶯》詩格相似，且卻須辨其不同處。蘭棲朝咽露，樹隱暝吟雲。非賈而何。莫遣鄉愁起，吾懷衹似君①。

【校】

①似，《全唐詩》作「是」。

別喻鳬

知心似古人，著此句真古誼。歲久分彌親。惟超惟真。離別波濤闊，留連槐柳新。蟆陵寒貰酒，漁浦夜垂綸。自此星居後，音書豈厭頻。

送相里燭

相逢未作期，相送定何之。不得長年少，那堪遠別離。理足情至，今古不易也。泛湖乘月早，踐雪過山遲。永望多時立，翻如在夢思。

○一氣如話，略似水部派。

君不來

閒花未零落，心緒已紛紛。久客無人見，新禽何處聞。舟隨一水遠，路出萬山分。夜月生愁望，孤光必照君。

將謁商州吕郎中道出楚州留獻章中丞

江流盤復直，浮棹出家林。商洛路猶遠，山陽春已深。青雲應可望①，白髮未相侵。才小知難薦，終勞許郭心。

【校】

①可，《全唐詩》作「有」。

途中逢孫輅因得李頻消息

灞上寒仍在，柔條亦自新。河山雖度臘①，雨雪未知春。前四説景全是感。正憶同袍者，「正憶」

二字妙。堪逢共國人。「堪逢」二字妙。銜杯益無語，與爾轉相親。淡極深極。

○欲識此詩之妙，先看此題之妙。有此題而不能如此叙述，虚此情矣。妙處正在淡而深摯無盡。

【校】

①河山，《全唐詩》作「山河」。

送從兄郜

道路本無限，又應何處逢。流年莫虚擲，華髮不相容。野渡波摇月，空城雨翳鐘。「翳」字生而不尖，無絲毫客氣。此心隨去馬，迢遞過千峰。

經周處士故居

愁吟與獨行，何事不傷情。絶似閬仙。久立釣魚處，唯聞啼鳥聲。莫作省力語看。山蔬和草嫩，海樹入籬生。吾在兹溪上，懷君恨不平。

贈喻鳧

所得非衆語，衆人那得知。十字詩訣。唐人真實學術、真實識力全在此等處，不然，區區吟詠何關世教耶？

纔吟五字句，又白幾莖髭。月閣攲眠夜，霜軒正坐時。嘗見陳老蓮寫《唐人索句圖》，正如此傳真。沉思心更苦，恐作滿頭絲。燕本復生①。

【校】

① 燕，咸豐本作「無」。

早發洞庭

長天接廣澤，二氣共含秋。舉目無平地，何心戀直鉤。寄託見人品。孤鐘鳴大岸，片月落中流。何必是洞庭，然卻是洞庭。此不同時俗所謂切合也。卻憶鴟夷子，當時此泛舟。

貽錢塘縣路明府

志業不得力，至今猶苦吟①。吟成五字句，用破一生心。世路屈聲遠，寒溪怨氣深。下字狠硬處是賈。前賢多晚達，莫怕鬢霜侵。此即同陶公「賴古多此賢」意。

【校】

① 至，《全唐詩》作「到」。

新正

華門惆悵内①，時節暗來頻。每見新正雪，長思故國春。此等與水部派是一是二。雲西斜去雁，江上未歸人。又一年爲客，何媒得到秦。

【校】

① 華，咸豐本作「畢」。

滁上懷周賀

就枕忽不寐，孤懷興歎初。南譙收舊歷，上苑絶來書。暝雪細聲積，晨鐘寒韻疏。澀似賈。侯門昔彈鋏，曾共食江魚。

寄石溢清越上人

寺處賈字法。唯高僻，雲生石枕前。承亦是賈。靜吟因得句，獨夜不妨禪。窗接停猿樹，巖飛浴鶴泉。相思有書札，俱倩獵人傳。

陳式水墨山水

造化有功力，平分歸筆端。不惜餘力。「平分」二字妙，若云「如同化工」仍是常語。書畫小事耳，乃必如此鄭重言之。老杜「真宰上訴天應泣」亦同此旨。溪如冰後聽，山似燒來看。立意霜髭出①，支頤煙汁乾②。刻苦匠出慘淡經營之妙。世間從爾後，應覺致名難。

○全仿賈。

【校】

①霜髭，《全唐詩》作「雪髯」。

②汁，《全唐詩》作「汗」。

陳秀才亭際木蘭

昔見初栽日，今逢成樹時。存思心更感，遶看步還遲。二句切處正在「感」。蝶舞摇風蕊，鶯啼含露枝。徘徊不忍去，應與醉相宜。

○無愁不到心。

登雪竇僧①

登寺尋盤道，人煙遠更微。石窗秋見海，山靄暮侵衣。此是賈法。衆木隨僧老，不曰僧隨木老而曰木隨僧老，妙。高泉盡日飛。虚實對法，又當句對法。誰能厭軒冕，來此便忘機。

【校】

①《全唐詩》題作「登雪竇僧家」。

途中逢進士許巢

聲望著已遠①，問人無不知②。義行相識處，必有實際。貧過少年時。妨寐夜吟苦，澀。愛閒身達遲。妙。如此説亦正見氣骨。難求似君者，我去更逢誰。

【校】

① 著，《全唐詩》作「去」。

② 問，《全唐詩》作「門」。

閏月①

羃羃復蒼蒼，微和傍早陽。前春寒已盡，待閏月猶長②。似無可説處卻有深情。柳變雖因雨，花遲豈爲霜。自茲延聖歷，誰不駐年光。

〇甚淺而切，爲初學地。

【校】

①《全唐詩》題作「閏春」。

②月，《全唐詩》作「日」。

送人遊日本國

蒼茫大荒外，風教即難知。連夜揚帆去，經年到岸遲。波濤含左界，星斗定東維。鍊。「含」字「定」字確妙。楊用修輩肯喜此等句①。或有歸風便，當爲相見期。

【校】

①肯，咸豐本作「皆」。

處州洞溪

氣象四時清，無人畫得成。衆山寒疊翠，兩派緑分聲。坐月何曾夜，聽松不似晴。真島。混元融結後，便有此溪名。

○撰力狠苦正是賈師法門。

贈功成將

定難在明略，何曾勞戰爭。飛書諭强寇，計日下重城。此等與馬虞臣《塞下曲》等篇合看。深雪移營夜①，寒沙出塞情②。苦心殊易老，新髮早年生。

【校】

① 營，《全唐詩》作「軍」。

② 沙，《全唐詩》作「笳」。

白艾原客

原上桑柘瘦，再來還見貧。滄州幾年隱，白髮一莖新。好。敗葉平空塹，殘陽滿近鄰。荒寂可念。閒言説知己，半是學禪人。

送沛縣司馬丞之任

舉酒一相勸，逢春聊盡歡。羈遊故交少，遠别後期難。極尋常語，卻是深感，故能該今古之情也。路上野花發，雨中青草寒。悠悠兩都夢，小沛與長安。晚唐習氣。

送郭太祝歸江東

鄉人欲去盡①，北雁又南飛。京洛風塵久，江淮音信稀。澹語深感。舊山知獨往，一醉莫相違。未得解羈旅，無勞問是非。○又能以淺妙勝，才人真不可及。

【校】

① 欲去，《全唐詩》作「去欲」。

客行

藕葉綴爲衣，西風泣路岐①。鄉心日落後，身計酒醒時。入情。每當孤羈，諷此二句，輒不勝茫茫。

觸目多添感，凝情足所思。羈愁難盡遣，行坐一低眉。後四不免率氣。

【校】

①西風，《全唐詩》作「東西」。

方著作畫竹

疊葉與高節，俱從毫末生。留傳千古譽①，研鍊十年情。二句平常。向月本無影，臨風疑有聲。何必是竹，卻正是竹。吾家釣臺畔，似此兩三莖。

【校】

①留，《全唐詩》作「流」。

于鄴

鄴，唐末進士，他無考。

懷民按，于鄴五律外無别體，所得句亦鏤心刻骨者也。雖乏峭削之致，然自不得混水部派。附賈氏門後。

西歸①

不繫與舟閒，悠悠吴楚間。羞將新白髮，卻到舊青山。在賈派中卻不賞此等。一葉初飛樹②，幾人同入關。颯然令人生感。長安家尚在，秋至又西還。

【校】

①《全唐詩》該詩列於于武陵名下。

②初飛，《全唐詩》作「忽離」。

宿江口

南渡人來絶，喧喧雁滿沙。著此句尤妙。妙用「喧喧」字，正是極其寂歷。自生江上月，長有客思家。生力獨闢。越推開説越寫得自己意思無盡。半夜下霜岸，北風吹荻花。自驚歸夢斷，不得到天涯。

○此詩寫羈懷寥落，情景皆至，真絶調也。

南遊①

窮秋幾日雨，處處生蒼苔。舊國寄書後，涼天方雁來。全以韻勝。本閬仙「葉下故人去，天中新雁來」，尤覺有深味。露繁山草溼，洲暖水花開。去盡同行客，一帆猶未回。

【校】

①《全唐詩》該詩列於于武陵名下。

客中①

楚人歌竹枝，遊子淚沾衣。異國久爲客，寒宵頻夢歸。此賈派之近張者。一封書未返，千樹葉皆飛。古人得一意常作數句鍊之，如「一葉初飛樹」「千樹又黄葉」與「千樹葉皆飛」同一感也，而以此二句爲最，以能匠此情至極也。南過洞庭水，更應消息稀。○他人泛作晚唐調，不知實賈氏之變格也。

【校】

①《全唐詩》該詩列於于武陵名下。

南遊有感①

杜陵無厚業，不得駐車輪。重到曾遊處，多非舊主人。東風千嶺樹，西日一洲蘋。又渡瀟湘水②，瀟湘水復春③。此是賈。數句中已是逾年矣。

【校】

①《全唐詩》該詩列於于武陵名下。

②瀟湘水，《全唐詩》作「湘江去」。

③瀟湘，《全唐詩》作「湘江」。

夜尋僧不遇①

數歇渡煙水②，漸非塵俗間。泉聲入秋寺，月色遍寒山。匠出空淨。石路幾回雪，竹房猶閉關。不知雙樹客，何處與雲閒。

○較賈似好看。

【校】

①《全唐詩》該詩列於于武陵名下。

②渡，《全唐詩》作「度」。

秋夕聞雁

星漢欲沉盡，誰家砧未休。作意爲起。忽聞涼雁至，如報杜陵秋。尚嫌此「報」字。千樹又黄葉，幾人新白頭。洞庭今夜客，一半卻登舟。偏泛說，妙。結句及前《江口》詩正以泛說乃寫出深至，後人每求粘貼，卻不能寫到深至處。

寄北客①

窮邊足風慘，何處醉樓臺。家去幾千里，月圓十二回。《老學庵筆記》：「十」字亦可讀平，唐人多用之，不然不宜單平。寒阡一作雲山隨日遠，畫。雪路向城開。畫。遊子久無信，年年空雁來。

【校】

①《全唐詩》該詩列於于武陵名下。

過洛陽城

古來利與名，俱在洛陽城。九陌鼓初起，萬車輪已行。合寫乃狀得出。周秦時幾變，伊洛水猶清。二月中橋路，鳥啼春草生。

○雖是用力之作，卻不礙味外味。

夜與故人別①

白日去難駐，故人非舊容。今宵一別後，何處更相逢。學此等最忌熟率。過楚水千里，到秦山幾重。語來天又曉，月落滿城鐘。

【校】

①《全唐詩》該詩列於于武陵名下。

夜泊湘江①

北風吹楚樹，此地獨先秋。真秋興。何事屈原恨，不隨湘水流。看結句知此非止傷古也。涼天生片月，竟夕伴孤舟。一作南行客，無成空白頭。

○真氣。

【校】

①《全唐詩》該詩列於于武陵名下。

東門路①

東門車馬路，此路在浮沉。白日若不落，紅塵應更深。逆筆寫即加倍寫法也。與老杜「砍卻月中桂，清光應更多」同意。從來名利地，皆起是非心。所以青青草，「所以」二字，每嫌此等處帶訓詁氣。年年起漢陰②。

【校】

①《全唐詩》該詩列於于武陵名下。

②起，《全唐詩》作「生」。

春過函谷關

幾度作遊客，客行長苦辛。愁看函谷路，老盡布衣人。文皇乃謂墮其術中。歲遠關猶固，時移草亦春。何當名利息，遣此絶征輪。深感。即欲斷城南路意。

訪道者不遇①

人間惟此路，長得緑苔衣。及户無行跡，遊方應未歸。平生無限事，到此盡知非。非寫己悟，正寫其境之空静也。獨倚松門久，陰雲昏翠微。

【校】

①《全唐詩》該詩列於于武陵名下。

感懷①

青山長寂寞，南望獨高歌。四海故人盡，九原新壠多。此亦到家語。西沉浮世日，東注逝川波。不使華年駐②，此生能幾何。

【校】

①《全唐詩》該詩列於于武陵名下，題作「感情」。

②華年，《全唐詩》作「年華」。

路旁草

春至始青青，香車碾已平。不知山下處，來向路旁生。每歲有人在，何時無馬行。應隨塵與土，吹滿洛陽城。深感意寫得出。

〇苦思極想，無所不到，故爲賈氏門也。

題華山麻處士所居

貴賤各擾擾，皆逢朝市間。到此馬無迹，始知君獨閒。高妙。對法尤妙。冰破聽敷水，雪晴看華山。匠。賈句。西風寂寥地，唯我坐忘還。

江樓春望①

樓下長江路，舟車晝不閒。鳥聲非故國，春色是他山。一望雲復水，幾重河與關。愁心隨落日，萬里各西還。結超。

〇日暮鄉關之感真無盡也。

【校】

①《全唐詩》該詩列於于武陵名下。

匣中琴①

世人無正心，直說。所以上接《國風》。蟲網匣中琴。何以經時廢，爲非娛耳音②。獨令高韻在，誰感隙塵深。應是南風曲，聲聲不合今。

○與水部《廢瑟》同看，皆是唐賢自評其詩格。

【校】

①《全唐詩》該詩重出，分列於于武陵與于鄴名下。

②爲非，《全唐詩》作「非爲」。

斜谷道①

亂峰連疊嶂，千里緑峨峨。蜀國路如此，「如此」二字中括盡險難。遊人車亦過。遠煙當驛斂，驟雨逐風多。匠。獨憶紫芝叟，臨風歌舊歌。

【校】

①《全唐詩》該詩重出，分列於于武陵與于鄴名下。

長安逢隱者①

征車千里至，碾遍六街塵。向此有營地，忽逢無事人。昔時顔未改，浮世路多新。且脱衣沽酒，終南山欲春。

【校】

①《全唐詩》該詩重出，分列於于武陵與于鄴名下。

贈賣松人①

入市雖求利，憐君意獨真。劚來寒澗樹②，賣與翠樓人。妙。瘦葉幾經雪，淡花應少春。長安重桃李，徒染六街塵。

【校】

①《全唐詩》該詩列於于武陵名下。

② 來，《全唐詩》作「將」。

林寬

寬，侯官人，餘無考。

懷民按，林君無所考，或言與許洞庭同時，《律髓》止録其《少年行》一詩。今檢全集，實賈氏派也。才少力薄，不及李才江、馬虞臣諸君，而幽僻苦澀，足徵燕本衣鉢①。録之爲初學入手，然須分别觀之，勿使瑕瑜相掩。

【校】

① 燕，咸豐本作「無」。

送許棠先輩歸宣州

髮枯窮律韻，字字合塤篪。言合古意也①，足知唐人之學。一起便學閬仙。日月所到處，姓名無不知。極寫即加倍法。鶯啼謝守壘，苔老謫仙碑。「老」字客氣。詩道喪來久，東歸爲弔之。晚唐惡習，學之易入時率。

【校】

① 意，咸豐本作「音」。

陪鄭誠郎中假日省中寓直 假日而猶寓直，或入省而不理事之日也。

憲廳名最重，假日許從容。此「許」字便不客氣。牀滿諸司印，庭高五粒松。如此對便俱高。井尋芸吏汲，酸俗。茶拆岳僧封。五字真島師。鳥度簾旌暮，猶吟隔苑鐘。

寄省中知己

門掩清曹晚，靜將烏府鄰。花開封印早，雪下典衣頻。俗中情事能説得高致。怪木風吹閣，廢巢時落新①。每憐吾道苦，長説向同人。

〇的是刻意學賈氏。

【校】

① 新，咸豐本、《全唐詩》作「薪」。

送人歸日東

滄溟西畔望，一望一心摧。賈師。地即同正朔，天教阻往來。用逆筆寫，正是賈派。全是用意思去學，不徒牙關力。波翻夜作電，鯨吼晝爲雷。「作」字「爲」字俱有意學賈。門外人蕿徑，到時花幾開。

寓興

西母一杯酒，空言浩劫春。英雄歸厚土，日月照閒人。合看乃妙。衰草珠璣塚，冷灰龍鳳身。二句上二字與下三字色相絶不稱，其妙正在於絶不稱處生感。茂陵驪岫晚，過者暗傷神。

少年行

柳煙侵御道，門映夾城開。白日莫空過，青春不再來。或以「青春」切合題中「少年」二字，淺矣。報讎衝雪去，乘醉臂鷹迴。看取歌鐘地，殘陽滿壞臺。應三四句。

○此少年即遊俠也。起處寫其地，五六寫其行，三四、結句寫其心懷。雖律詩當作樂府讀。

哭棲白供奉

侍輦才難得，三朝有上人。著此二句起，以見不宜貧也。琢詩方到骨，至死不離貧。二句撰力純是賈、喻矣，然愚意不甚取者，以此可贊高士，不宜贊高僧，蓋貧乃僧之本等，何足異耶？風帳孤螢入，霜階積葉頻。

不及出句。夕陽門半掩，過此亦無因。

○刻意學長江。

送僧遊太白峰

雲深遊太白，莫惜遍探奇。頂上多靈跡，塵中少客知。懸崖倚凍瀑，「倚」字匠得出。飛狖過孤枝。「過」字匠得出。出定更何事，相逢必有詩。

哭造微禪師

神遷不火葬，新塔露疏欞。是物皆磨滅，唯師出死生。語透爽，然説破又不是賈派。虛堂散釣叟，怪木哭山精。險怪肖賈，其實不過老樹風號耳，必如此方警。學賈處看此等，實從賈師「唯嗟聽經虎，時到壞庵邊」，李洞「齋猿散雪峰」等句脱化而來，遂自各成其妙。林下路長在，無因更此行。

送惠補闕

詔下搜巖野，高人入竹林。長因抗疏日，便作去官心。唐人識見氣骨實有真卓不可及處，如此等可見。清俸供僧盡，滄洲寄跡深。東門有歸路，徒自棄華簪。「徒自」二字不必深看。

主客圖下卷補遺

無可

無可，范陽人，姓賈氏，島從弟。居天仙寺，詩名亦與島齊。集一卷。

甯焯按，可師與無本同源，並以詩著，後之言唐詩者於釋侶往往從略，遺集雖存，率置高閣，可惜也！其詩五言長短律外，絶鮮他體，蓋精苦於此者。先子和兄檢得之，先生嘉其有功，今補抄入卷，爲本公塡篪。

送吕郎中赴滄州

出守滄州去，西風送旆旌。接落法。路遥經幾郡，地盡到孤城。以健近乃兄。拜廟千山緑，登樓遍海清。何人共東望，承，第七句。日向積濤生。本師語。

書馬如文石門居

别業逸高情，暮泉喧客亭。以喧寫静。林迴天闕近，雨過石門青。野果誰來拾，山禽獨卧聽。

要迎文會友，時復掃柴扃。

送張正字秩滿東歸①

朝衣登別席，春色滿秦關。芸閣吏誰替，海門身又還。得乃兄之苦澀。尋僧流水僻，「僻」字。見月遠林閒。「閒」字。雖是忘機者，難齊去住間。

【校】

①張，《全唐詩》作「章」。

送宜春裴宰是將軍旻之孫

垂白方爲縣，徒知大父雄。山春南去棹，楚夜北飛鴻。疊嶂和雲滅，孤城與嶺通。置本公集誰能辨之？誰知持惠化，一境動清風。

送朴山人歸日本

海霽晚帆開，應無鄉信催。諧。水從荒外積，人指日邊迴。望國乘風久，「久」字鍊。浮天絶島來。「來」字尤奇。儻因華夏使，書札轉悠哉。

〇本公集中亦名作也。

送姚宰任吉州安福縣

落絮滿衣裳，攜琴問水鄉①。挂帆南入楚，到縣半浮湘。吏散翠禽下，庭閒斑竹長。三唐無異法也。人安宜遠泛，沙上蕙蘭香。

【校】

① 水，《全唐詩》作「酒」。

遊山寺

千峰路盤盡，林寺昔何名。接落是島。步步入山影，房房聞水聲。調度是島。多年人跡斷，殘照石陰清。「清」字難下。自可求居止，安閒過此生。

酬姚員外見過林下

掃苔迎五馬，蔬藥過申鐘①。絶是。鶴共林僧見，見鶴耳。必共林僧方是本公家法。雲隨野客逢。

入樓山隔水，滴旆露垂松。句法純是乃兄。日暮題詩去，空知雅調重。

【校】

① 蔬，《全唐詩》作「蒔」。

秋夜寄青龍寺空貞二上人

夜來思道侶，木葉向人飄。妙。「向人」是賈氏法。精舍池邊古，秋山月下遥①。磬寒徹幾里，雲白已經宵。未得同居止，蕭然自寂寥。

【校】

① 月，《全唐詩》作「樹」。

送僧歸中條

夜葉動飄飄，寒來話數宵。總帶澀趣。卷經歸鳥外，轉雪過山椒。畫。舊長松杉大，難行水石遥。元戎宗内學，應就白雲招。

林下對雪送僧歸草堂寺①

殘臘雪紛紛，林間起送君。苦吟行迥野，投跡向寒雲。清寒蕭索②，全是畫想。絶頂晴多去，幽泉凍不聞。唯應草堂寺，高枕脱人群③。

【校】

①《全唐詩》作「金州冬月陪太守遊池」。

②清寒蕭索，咸豐本作「隨手寫來」。

③人群，咸豐本作「塵氛」。

寄青龍寺原上人

斂屨入寒竹，安禪過漏聲。高杉殘子落，深井凍痕生。苦思。罷磬風枝動，懸燈雪屋明。苦思名句。何當招我宿，乘月上方行。

秋寄從兄賈島

瞑蟲喧暮色，默思坐西林。聽雨寒更徹，開門落葉深。寒僻之思，幽窅之興，真是本公難弟。昔因京邑病，併起洞庭心。只拈一事，萬感俱集。亦是吾兄事，遲迴共至今。古極。樸直處亦是本公。

新年

燃燈朝復夕，漸作長年身。紫閣未歸日，青門又見春。掩關寒過盡，開定草生新。好句天開。自有林中趣，誰驚歲去頻。

送李騎曹之武寧

一歲一歸寧，涼天數騎行。畫。河來當塞曲，山遠與沙平。縱獵旗風卷，聽笳帳月生。新鴻引寒色，迴日滿京城。

○又近水部派。

贈詩僧

寒山對水塘，竹葉影侵堂。洗藥冰生岸，開門月滿牀。病多身又老，枕倦夜兼長。來謁吾曹者，呈詩問否臧。「者」字「否臧」字酸腐。

寒夜過叡川師院

長生推獻壽，法座四朝登。問難無彊敵，聲名掩古僧。樸直，是本公。絶塵苔積地，棲竹鳥驚燈。與「懸燈雪屋明」同工。語默俱忘寐，殘窗半月稜。本公。

冬日諸禪自商山禮正師真塔迴見訪

久思今忽來，雙屨污青苔。拂雪從山起，過房禮塔迴。前四看其置題之法。偈留閒夜作，禪請暫時開。是本公口齒。欲作孤雲去，賦詩余不才。

題青龍寺縱公房

從誰得法印，不離上方傳。夕磬城霜下，寒房竹月圓。煙殘衰木畔，客住積雲邊。苦思。未忍滄洲去①，時來於此禪。是本公拙趣。

【校】

① 忍，《全唐詩》作「隱」。

贈圭峰禪師

絶壑禪牀底，泉分落石層。奇警。霧交高頂草，雪隱下方燈①。可師善於用燈。朝滿傾心客，溪連學道僧。妙。二句合看尤妙。半旬持一食，此行有誰能②。本公結法。

【校】

① 雪，《全唐詩》作「雲」。

② 行，《全唐詩》作「事」。

陪姚合遊金州南池

柳暗清波漲，衝萍復漱苔。張筵白鳥起，掃岸使君來。洲島秋應没，荷花晚盡開。高城吹角絶，驄馭尚徘徊。

○高絶。

夏日送田中丞赴蔡州

出守汝南城，應多戀闕情。地遥人久望，風起旆初行。畫。楚廟繁蟬斷，淮田細雨生。憑空著想。賞心知有處，蔣宅古津平。

行漢水晚次神灘阻風

驚風山半起，舟子忽停橈。岸荻吹先亂，灘波落更跳①。聽松今欲暮，過島或明朝。若盡平生趣，東浮看石橋。

○一片是興。

【校】

①波，《全唐詩》作「聲」。

送董正字歸覲毗陵

暫辭讐校去，未發見新鴻。張調賈想。路入江波上，人歸楚邑東。山遥晴出樹，工。野極暮連空。更工。無可寫處偏寫得出。何以念兄弟，應思潔膳同。

送薛重中丞充太原副使

中司出華省，直起。副相晉陽行。書答偏州啓，籌參上將營。踏沙夜馬細，吹雨曉笳清。正報胡塵滅，桃花汾水生。

○亦近水部。

冬夜姚侍御宅送李廓少府

王事圭峰下，將還禁漏餘。偶歡新歲近，惜別後期疏。常情古味。雪罷見來吏，川昏聊整車。獨吟多暇日，應寄柏臺書。

○亦近水部。

寄姚諫議

鳴鞭靜路塵，籍籍諫垣臣。函疏封還密①，爐香立獨親。篋多臨水作，窗宿臥雲人。妙。危坐開寒紙，燈前起草頻。

○亦近水部。

【校】

① 封還，《全唐詩》作「辭事」。

酬厲侍御秋中思歸樹石所居見寄

三峰居接近，數里躡雲行。深去通仙境，思歸厭宦名。樸直。月從高掌出，泉向亂松鳴。「從」字「向」字有力。坐石眠霞侶，秋來短褐成。欲從之去也。

寄興善寺崔律師

沐浴前朝像，奇。深秋白髮師。從來居此寺，未省有東池。奇。幽石叢圭片，孤松動雪枝。○直欲與乃兄爭席。襯寫俱工。頃曾聽道話，別起遠山思。

送清散遊太白山

卷經遊太白①，躡蘚別蘿龕。若履浮雲上，須看積翠南。倚身松入漢，瞑目月離潭。本公法度如此。此境堪長往，塵中事可諳。拗轉結。

【校】

① 遊，《全唐詩》作「歸」。

冬晚姚諫議宅會送玄緒上人歸南山

禪客詩家見，凝寒忽告還。分題迴諫筆，留偈在商關。盤徑緣高雪，閒房在半山。自知麋鹿性，亦欲離人間。

○又一首水部詩，卻是賈門撰力。

送契公自桂陽赴南海

南行登嶺首，與俗洗煩埃。磬罷孤舟發，禪移積瘴開。中餐湘鳥下，朝講海人來。莫便將經卷，炎方去不迴。

○亦近水部，卻是賈氏口吻。

送僧

四海無拘繫，行心興自濃。百年三事衲，萬里一枝筇。夜減當晴影，春消過雪蹤。從乃兄「獨行潭底影」一聯翻出，傳授心法者可公也。白雲深處去，知宿在何峰。

送贊律師歸嵩山

禪意歸心急，山深定易安。清貧修道苦，孝友别家難。妙。是送僧語。雪路尋溪轉，花宫映嶽看。到時孤塔暮，松月向人寒。

○又近水部。

京口别崔固

積雨晴時近，西風葉滿泉。可公慣法。相逢嵩嶽客，共聽楚城蟬。與李咸用同調，而氣格自高。宿館横秋島，歸帆張遠田。别君還寂寞，不似剡中年。

○水部高作。

中秋夜隴州徐常侍座中詠月

隴城秋月滿，太守待停歌。妙在停歌。與鶴來松杪，妙在與鶴。開煙出海波。奇出平對。「鶴」師屢言之，要須撰力到。氣籠星欲盡，光滿露初多。若遣山僧説，高明不可過。

題後

訂《中晚唐詩人主客圖》既成，悵然有感①，題卷末二首：

古來耽此道，清味本酸寒。思入如中病，吟成勝拜官。物生皆不隱，情動即教看。未識成何用，憑將鬢髮殘。

前生因有罪，天罰作詩人。但見無雙士，常膺不次貧。青山窮道路，白首役精神。獨爲求知己，淹留萬古身。

【校】

① 悵，咸豐本作「慨」。